JN110359

「愚かなる人類《おまえら》に、
千年の猶予をくれてやる。
俺が再び目覚めるその日こそが、
人類の滅びの刻《とき》と知れ」
魔王ゼルフェリオ
あらゆる魔術の深淵を極めた魔の覇王。勇者アルズに敗れ、千年の眠りにつく。

「イタズラとかじゃなくて俺は本当に
魔王ゼルフェリオなんです。
あまりに人類が強すぎるから、
今日は潔く敗北宣言をしに来たわけで」
ゼオ
聖剣が選んだ次代の勇者。しかしその正体は予定より10年早く復活した魔王・ゼルフェリオ。人類が進化しすぎたせいで、そこらの子供の方が強い。

ベルカ
現・世界最強。年齢一桁のときに自分の魔術スタイルを完全確立したという天才。ゼオを勇者として見出し、師匠として共に暮らす。
来《きた》るべき魔王復活の十年後、
わたしが戦えない理由が――これよ

みんなの殺意《きぼう》を果たすため、
正義の天使《エンジェル》ここに見参！
可愛く素敵にハッピーに、
魔王の心臓抉り取る♡
絶対無敵の最強美少女！　その名も～？
エクスキューション☆ベルカちゃん！
きゃはっ！

「今の俺は、少しも負ける気がせん。
だから——無敵だ」
ゼオの身の周りに漆黒の渦が迸った。
構築されていくのは丈長の黒衣。
勇者アルズとの決戦時に纏っていた戦装束。
（魔王ゼルフェリオの最期の姿だ。復活を飾るにはちょうどいい）

ブラウニー
数々の革新的な対魔王兵器・人類強化技術を開発した千年に一人の天才少女。異端のマッドサイエンティストとして学会を追放されたというが……。

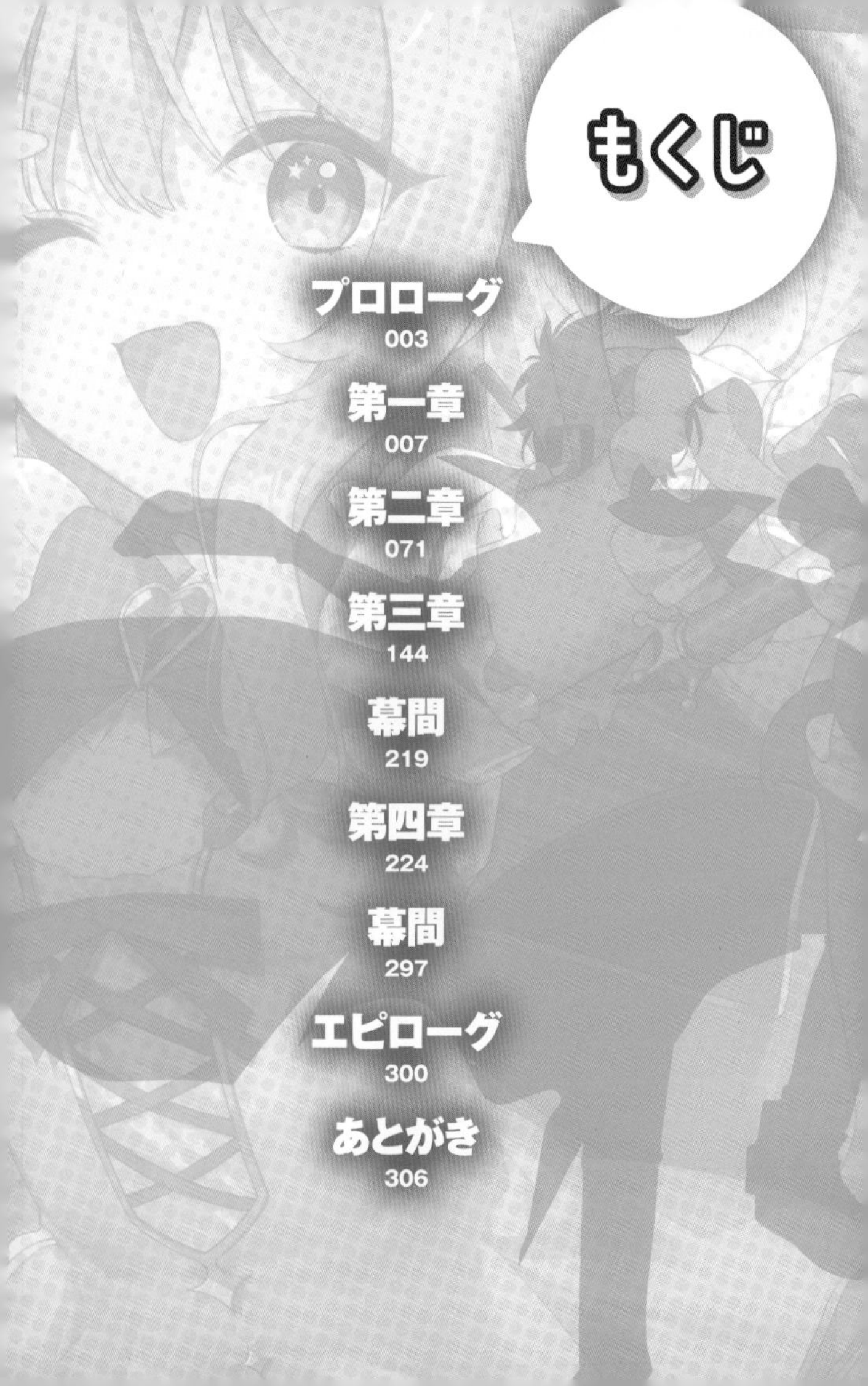

もくじ

990年後に復活した最恐魔王、人類殲滅を決意する。

※ただし人類は衛星照準型レーザー兵器で待ち構えています

榎本快晴

角川スニーカー文庫

23481

口絵・本文イラスト／凍咲しいな
口絵・本文デザイン／木村デザイン・ラボ

プロローグ

「これで終わりだ、魔王ゼルフェリオ」

　銀光を放つ聖剣に、心臓を貫かれた。

　苦痛よりも先に恨めしさが湧く。こうなる前に敵の胸を手刀で抉《えぐ》ってやるつもりだったのだが、どうやら一歩及ばなかったらしい。

　その忌まわしき仇敵《きゅうてき》――人類どもが勇者と呼ぶ青年は、ひどく気に入らない面をしていた。勝利の歓喜も安堵《あんど》もない。ただこちらを憐《あわ》れむような昏《くら》い眼差《まなざ》しで、静かに返り血を浴びている。

　破邪の光が身を内側から焦がしていく。逃れようのない死を目前に感じながら、ゼルフエリオはそれでも笑ってみせた。

「ハッ……。終わり？　終わりだと？　馬鹿を言うな。終わりなど、ない」

笑いに混じって、口の端から生暖かい血潮が溢《あふ》れた。敵に突き立てんとしていた爪は、土くれのようにボロボロと崩れ落ちていく。

「俺は負けん。魔王が人類《おまえら》に屈することなど、断じてあり得ない」

「だけど、お前はここで死ぬ」

勇者は短く告げた。それは厳然たる事実だ。心臓から流れ出した血は、戦場の乾いた荒野に赤い水溜《みずたま》りを作っている。いかな治癒の術を使えど、もはや死は免れない。

「ああ、俺は死ぬとも。しかし負けはせん。勝つまで、何度でも蘇《よみがえ》るまでだ」

ゼルフェリオの瞳に狂気の紅光が浮かぶ。同時に、瀕死《ひんし》の身から莫大《ばくだい》な魔力が迸《ほとばし》った。

生涯最後の賭けだった。あらゆる魔術を極めた者。魔の覇王たるゼルフェリオですら、その死力を尽くして成し得るか否かの大魔術。

――蘇生《そせい》魔術。

死した者の魂は冥府に還《かえ》る。それは、一滴の雨粒が大海に還るようなものだ。

しかし蘇生魔術を発動させた者の魂は、冥府の大海に落ちても『己』という個を失うことはない。自我を保ったまま冥府を彷徨《さまよ》い続ける。そして冥府に満ちる無尽蔵の魔力を糧とすれば――途方もない時間を要するものの――現世へ戻る肉体を再構築することができる。

ゼルフェリオを中心に展開される巨大な魔法陣。術の発動を目の当たりにした勇者は息を呑《の》んだ。当然だろう。魔王にとっても秘中の秘であるこの術は、人類にとっては夢想すら叶《かな》わぬ神業であるに違いない。

「愚かなる人類《おまえら》に、千年の猶予をくれてやる」

もはや立っていることすら難しかったが、最後の力でゼルフェリオは宣告した。

「千年ののち、俺の魂は血肉を取り戻す。俺が再び目覚めるその日こそが、人類の滅びの刻《とき》と知れ」

「……そうか」

聖剣の柄から手を離し、勇者は頷《うなず》いた。

大袈裟《おおげさ》に恐《おそ》れ戦《おのの》くことも、怒りに震えることもない。しかし、その瞳に不愉快な憐憫《れんびん》の色はもはやなく、熾火《おきび》のような闘志の光が戻っていた。

「それなら――人類《こちら》も、全力でお前を迎え撃とう」

いいだろう。せいぜい足掻《あが》いてみせろ。

来《きた》る千年後の逆襲に思いを馳《は》せながら、ゼルフェリオはゆっくりと身を傾けていく。

倒れながら最期に見た光景は、曇天の空だった。

第一章

聖剣暦九九〇年。すなわち魔王が没してから九九〇年後。

高層ビルの立ち並ぶ都市がある。

遥《はる》か昔に勇者と魔王が激戦を繰り広げた、かつての荒野である。この地は今、魔王復活に備える最前線都市として世界有数の発展を遂げていた。無数の高層ビル群も、有事が迫れば地下に垂直格納され、シェルターとしての役割を果たす特殊機構を備えている。

そんな都市の上空を、モニター付きの飛行船が飛んでいく。

『魔王復活の宣告日まで残り三六五〇日、ちょうど十年となりました。全世界のみなさま、油断せずに勝利を摑《つか》みましょう』

ニュース映像とともにアナウンスされるのは、魔王対策の最新情勢である。

『最新の迎撃装備の配備状況をお伝えします。対魔王式ＨＯＬＹミサイルは全世界で既に三〇万基以上が配備済。衛星照準型レーザー兵器【護光】は五万機以上が軌道上に打ち上げ済……魔力産出ミトコンドリア遺伝子強化プログラムの導入試験において、被験者は従来比七八〇〇％の魔力を獲得することに成功。今後はさらに倍率を高めることを目標に……』

一つまた一つと、人類がこの千年で築いてきた対策の成果が読み上げられていく。それでもアナウンスは『魔王の脅威を打破すべく、これからも一層の戦力拡充が求められます』と強調する。

そして最新情勢が伝えられたのち、ごく短い定例のコーナーが続く。

『本日の魔王復活予定地の観測情報です。各種の観測値に異常はありませんでしたが、敷地内に不審者一名の侵入がありました。現場に駆け付けた警官によって速やかに取り押さえられたため被害はなく、悪戯《いたずら》目的での侵入と思われます』

「まったく、このご時勢に人騒がせな。もう二度とやるんじゃないぞ」

「……はい」

警察署の前で一人の男性が釈放されている。

魔王復活予定地に無断侵入したことで取り押さえられた、件《くだん》の不審者である。

こうした侵入は、決して珍しい事案ではない。

魔王復活予定地というと大袈裟な響きだが、ぱっと見はただの広大な更地でしかない。その区画だけは都市めいた発展もせず、千年前から変わらぬ乾いた大地のままとなっている。この荒廃した更地を中心に据え、周囲だけが発展した歪《いびつ》な都市の姿は、上空から見ればドーナツのように見えることだろう。

そしてこの中心部——魔王復活予定地は、基本的に巡回警備が手薄である。そのため不謹慎なことに、面白半分や度胸試しで忍び込む輩《やから》が後を絶たないのだ。

なぜそのような重要地域の警備が手薄なのかというと、

「本当に分かったんだな？　いいか。魔王の復活が確認されると同時、あのエリアは全世界からの集中砲火で徹底的に焼き尽くされることになっている。もしその場に君が迷い込んでいたとしても、誰も兵器を撃つ手を緩めてはくれない。たった一人のために、魔王への先制攻撃のチャンスをふいにはできないからな。だから立ち入りは厳禁なんだ」

民間人が迷い込んでいようが何だろうが関係ない。魔王復活予定地は世界唯一の絶対殺戮地帯《アブソリュート・キル・エリア》と定義されており、有事——つまり魔王復活の際には無制限の攻撃許可が認められている。そこで生じたいかなる惨劇についても、攻撃者は一切の責任を追及されることはない。

項垂《うなだ》れている不審者に、警官は真剣な口調で続ける。

「もっとも、もしミサイルが降ってこなかったとしても、魔王の復活に立ち会わせてしまった時点で君の命はないだろうがね。なんせ魔王は、最新兵器でも掠《かす》り傷《きず》一つを与えられれば御の字というほどの化物だ」

「……はあ」

力なく答えた不審者の肩に、警官がぽんと手を載せた。

「だが、自暴自棄になってはいけない。魔王は確かに恐るべき敵ではあるが、人類もまた日進月歩の勢いで戦力を増強している。社会の誰もが、魔王を打ち倒すために努力を続けているんだ。だから君もこんな下らない悪ふざけはやめて、人類の勝利に少しでも貢献できるような生き方を心がけてくれ」

うんうんと警官は一人で何度も頷く。不審者は「……分かりました」と小さく呟《つぶや》き、意気消沈した様子ですごすごと警察署から立ち去っていく。

その姿は『念入りに説教されて反省した様子』に見えたかもしれない。

だが、実際はそうではなかった。

「……フ、フフ。ハハハ」

警察署から少し離れた木陰に踏み込むや、不審者は不穏な笑いを漏らした。聞く者の恐怖を本能的に掻《か》き立《た》てるような、狂気に溢れた哄笑《こうしょう》だった。

「これが……！　これが千年後の世界か……！」

やがて不審者の瞳が真紅に輝く。そこに浮かぶのは、紛れもない憤怒の感情だった。

そして彼は盛大に叫ぶ。

「なんだこの時代はぁ――――――――っ!!」

不審者改め、魔王ゼルフェリオはブチ切れながら涙を流した。瞳が放つ紅光に照らされ、その涙はあたかも血涙のように見えた。

＊

やりすぎだろ人類。

限度ってものを知れ。

釈放から一晩が明け、憔悴《しょうすい》した魔王ゼルフェリオは公園のベンチでただ俯《うつむ》いていた。

その顔色はほとんど死人のそれである。

「魔王が出たぞ殺せ！」

いきなりの物騒な叫びに身が強張《こわば》る。振り向いてみれば、声の主は公園で遊ぶ子供の集団だった。公園には遊具と称した複数の戦闘訓練施設が設置されており、叫んだ子供たちはちょうど射撃場で和気藹々《わきあいあい》と銃器をぶっ放しているところだった。

射撃場のそばに設置された看板には『魔王の心臓《ターゲット》を破壊すればポイントゲット！　豪華景品と交換できるぞ！』『撃破実績に応じて称号獲得！』『君こそが次の勇者だ！』などと、子供心をくすぐるフレーズがポップな字体で記されている。

ちなみに見た感じ、使われているのはゴリゴリの実弾である。

めちゃくちゃ情操教育に悪い気がする。

それにしても恐ろしいのが、そこらの子供ですら一人一人がゼルフェリオを凌《しの》ぐ魔力を持っているということだ。兵器の発展はまだ分かる。人間は足らぬ力を数と道具で補う生き物だというのはよく知っていた。だが、今や個の力ですら常軌を逸した領域に踏み込んでいる。

「これは……あれのせいか」

ゼルフェリオは都市上空に浮かぶモニター付きの飛行船を仰ぐ。飛行船は『魔王対策の最新状況』を四六時中垂れ流しているが、その中に人間の魔力量を大幅に底上げする技術

魔王討伐!
蘇生魔術

というものがあった。その恩恵がほぼすべての人類に浸透しているのだろう。

　モニターの中では今もアナウンサーが情報を流し続けている。

『魔王復活まで十年を切り、いよいよ正念場となってきました。ここからどれだけ戦力を上積みできるかが人類の存亡を決めるといってよいでしょう。REXの発表した最新の分析では、現状戦力での勝率は十％以下ということです』

　お前らの勝率一〇〇％だよ。

　魔王《オレ》が勝てるわけねぇだろこんな状況から。

　敗色濃厚どころか敗北確定すぎて、自嘲的な笑いすらこみあげてきた。もうどうにでもなれという気分だ。これ以上、失うものなど——

『仮に人類が勝利を収めた場合でも、世界人口の半数以上は命を落とす見通しです。そこで本日はゲストとして蘇生《そせい》魔術インストラクターのヘルベルト・ヨシダ氏を招き、実演と解説をしていただきたいと思います』

「……なんだと？」

　ゼルフェリオはこめかみに青筋を浮かべて飛行船を再び仰いだ。

　聞き間違いか？

　今、蘇生魔術インストラクターとかいうふざけた単語が聞こえた気がする。あれは魔王ゼルフェリオが生涯をかけて編み出した、生命の理を冒瀆《ぼうとく》する禁断の秘術だ。いくら人類が発展したといっても、そう簡単に真似《まね》できる代物では……ないはず……

『はい！　どうも紹介に与《あずか》りましたヘルベルト・ヨシダです！　もし世界人口が半分になってしまっても、その後にちゃんとみんな復活できれば実質チャラですからね！　この星が滅びない限り人類は滅びません！　人類滅亡回避のためにも、みなさんしっかり蘇生魔術を学びましょう！』

　手を振りながら軽いノリで画面に登場してきたのは、ジャージ姿の爽やかな青年である。

『ヘルベルトさんは先日のS・W・R《蘇生・ワールド・レコーズ》で、死んでから復活まで九秒八九という驚異的なタイムを樹立し世界王者となりました。十秒の壁を大きく超える偉業となりましたが、そのご感想は？』

『もちろん嬉《うれ》しいですが、蘇生魔術においてもっとも大事なのはスピードではなく、しっかり魂を魔力でコーティングした上で確実な蘇生を心がけることです。慣れていない場合は、ゆとりをもって五分程度での復活を目標にするとよいでしょう』

　ゼルフェリオは復活に千年（正確には九九〇年）を要した。それが――十秒以下？　慣れていなくとも五分程度で？

　いや、それよりS・W・R《蘇生・ワールド・レコーズ》とかいう謎の催しは何だ。まさか記録のためにわざわざ死んで復活する行事を開催しているのか。だとしたら、あまりに生命を冒瀆しすぎている。命をなんだと思っているのだ。

『ではさっそく実演しましょう。死因はやっぱりコレですね。S.W.Rレギュレーション準拠の超出力電気椅子。これは肉体を瞬時にプラズマ崩壊させてくれるので、周りを汚さなくて助かるんですよ。一昔前の記録会なんて、ちょっとした血の海でしたからね。ははは』

そう笑って何気なく電気椅子に座ったヘルベルト・ヨシダ氏は、眩《まばゆ》いプラズマの輝きに包まれて完全消滅していった。一人の人間が光の粒となって霧散していく光景は、魔王をして『これ倫理的にダメだろ』と思わせる異様な迫力があった。

だが、この時代の人間にとってはさしてショッキングな光景でもないらしく、公園で遊ぶ子供たちも、街道を往来する大人たちも、誰一人としてモニターを見上げてはいない。手に汗を握って事の次第を見守っているのはゼルフェリオだけである。

これでもし失敗したらあの男はまるっきりの無駄死にじゃないか——そう思う気持ちもあったが、十秒ほどが経過したころ、ごく平然と裸体のヘルベルト・ヨシダ氏が椅子の上に姿を現した。冥府から戻ってきた魂が、その魔力をもって肉体を再構成したのだ。

「お、俺の秘術までもが……ここまであっけなく……」

ゼルフェリオにとってはほとんど悪夢だった。

魔術の王。魔王としての最後の尊厳が、完膚なきまでに破壊されたのだから。

『はい、ご覧のとおりです！　冥府から現世に戻ってくる道筋を探すのはひとえに慣れが肝心ですので、日常的に練習してみるのが有効です。自信がない場合は僕のようなインストラクターと一緒に練習を行えば、道筋を案内してあげることも可能です。繰り返しているうちに現世特有の光感が摑《つか》めるようになってきますよ！』

全裸のヘルベルト・ヨシダ氏に対して特に恥じらうことなくアナウンサーも補足する。

『加えまして、生体チップ内の魔術式を常に最新の状態にアップデートしておくことも重要です。先般、蘇生魔術を含む汎用術全般が大幅に改良されましたので、まだ更新をされていない方はお近くのREX支部で速やかにアップデートを済ませてください』

ヘルベルト・ヨシダ氏も同調して頷く。

『正直に言いますと、僕の記録更新もこのアップデート効果が大きいですね。体感的にも冥府をヌルヌル進めるようになりました』

『なるほど。では続きまして、戦略的な面での蘇生魔術の重要性について解説を――……』

「チップ、だと……？」

ほとんど話についていけないゼルフェリオだが、直感的に察するものがあった。

さきほどの蘇生魔術発動時、あの男はあまりにもリラックスしすぎていた。いくら熟達していても、蘇生魔術という複雑な術を発動するには多少なりとも集中力が必要なはずだ。

つまりどこかに、発動を容易にするためのカラクリがある。

「……魔導書か」

思い至ったゼルフェリオは指を弾いた。

魔導書とは予《あらかじ》め魔術式を紙などに記した代物で、術者の技巧や集中力と関係なく（魔力さえ足りていれば）確実かつ迅速な魔術発動を実現してくれる。

ゼルフェリオはまだこの時代について知らぬことが多い。しかし、昨日の復活早々に警官から受けた長時間の説教や、街並みの観察、通行人の会話の横聞き、何より絶え間なく情報発信をしてくれる飛行船のおかげで、この時代の技術水準がどの程度のものか――そしてどれだけ凄《すさ》まじいものか――ようやく具体的に掴めてきた。

思うに生体チップというのは、体内に埋め込む超小型の魔導書のようなものだろう。かつての人類の中には、伝統的な刺青《いれずみ》で魔術式を伝える民族などもいた。身体に魔術式を刻み込む発想はさほど珍しいものではない。

生体チップの方はアップデートなどと言っていたから、刺青と違って何度も書き換えが可能なのだろう。つまりこの時代の人類どもは、最先端の魔術を何の苦労もなくその身に宿せるというわけだ。

まったく大したものである。かつての人類は魔術の理論もまともに組み立てられず、ほとんどは習俗や信仰に基づいた経験則・肌感覚でしか魔術を理解していなかったというのに。

「だが……迂闊《うかつ》だったな、人間ども」

魔導書は魔術式の構築過程を外付けにできる便利な代物だが、大きなリスクもある。

敵の手に渡るリスク。すなわち情報漏洩《ろうえい》だ。

敵に魔導書を覗《のぞ》かれれば手の内が一目瞭然になってしまうのはもちろん、魔術式の洗練具合を見れば記述者の実力もおおよそ知れる。人類の先端魔術が詰まった生体チップとやらは、今のゼルフェリオにとってまさに情報の宝庫といえた。

さらに、現代の人類がいかに凄まじくとも、術の発動を道具に依存しているような半端者の集団ならば、いくらでも付け入る隙はある。

「たとえば……そうだな。俺自身が戦って勝ち目はなくとも、どうにかして生体チップのアップデートとやらに自害作用のある魔術を混ぜることができれば人類の大量殺戮《さつりく》が可能となるな。蘇生魔術も無効となるよう改竄《かいざん》して……」

魔王とは人の心の闇より生まれる怪物だ。

その肉体は人に近しくとも、心の在り方は決定的に異なる。

憎悪の化身にして悪意の権化。魔王ゼルフェリオは、いかなる非道な手段を採ることにも躊躇《ちゆうちよ》を持たなかったが――

失笑とともにゼルフェリオは首を振った。

「……ふ、俺としたことが血迷ったな。そんなのは魔王のやり方ではない」

躊躇はなくとも、矜持《きようじ》はある。

戦場に立たずして卑劣な計略で多くの命を奪うというのは、魔王ではなく外道の所業だ。

人類は魔王の復活を最大限に警戒し続け、千年間でこれだけの文明を築き上げた。

とんだ過大評価ではあるが――それはつまり、千年を経《へ》ても色褪《いろあ》せぬほどの恐怖を、ゼルフェリオがかつての人類に与えたということだ。

数多《あまた》の戦場を駆け抜け、たった一人で全人類を相手取った、掛け値なしの怪物。

それこそが魔王。

卑劣な策謀でどれだけ人間を殺そうと、その恐怖が千年間語り継がれることはない。

正々堂々と正面から人類を震撼《しんかん》せしめた魔王ゼルフェリオの最期を、自ら矮小《わいしよう》な悪党に貶《おとし》めてどうする。

蘇生魔術をも再現（どころか大幅改良）されて内心プライドがズタズタだったが、ゼルフェリオはなんとか己をセーブした。

あらゆるものを失ったが、最後に残った魔王としての名誉は手放したくない。

「――見事だ人間ども。素直に俺の負けを認めるとしよう」

ゼルフェリオは意を決して公園のベンチから立ち上がった。

向かう先はもう決めている。

ＲＥＸ。

飛行船のモニター情報の中で何度もその名を耳にした。対魔王戦の戦力分析や、生体チップのアップデート。さらには『われわれＲＥＸは、ともに魔王と戦う勇敢な戦士を常に募集しています！』などと宣伝もたびたび行っていた。

ほぼ間違いなく、現代における軍事組織の類《たぐい》だろう。

そこに向かって何をするのか。

無論、この期に及んでみっともない悪足掻《わるあ が》きをするつもりはない。

「せめて最期は風情のない兵器ではなく、剣か魔術で処刑してもらいたいものだがな」

魔王としての敗北宣言――すなわち自首である。

＊

REXはその正式名称を【the Resistance to Eliminate X】（『奴《やつ》』を抹殺するための義勇軍）という。

ゼルフェリオという名が伝わっているのにわざわざ『X』とか『奴』などと呼称されているのは、『魔王のような畜生野郎をわざわざ丁寧に名前で呼んでやる必要はない』という世論が支配的であるためらしい。

街角で無料配布していた新兵募集パンフレットにそう書いていた。

ゼルフェリオが赴いたのは、REXデザルタ支部。デザルタというのは魔王復活予定地を包囲するこの最前線都市の名で、かつてこの地が荒野《デザルタ》と呼ばれていたことに由来する。

支部ではあるが、保有戦力は他都市に置かれた総司令部をも遥《はる》かに凌《しの》ぐ規模だ。復活した魔王を最大戦力で確実に討ち果たすべく、人類戦力の半分以上がこのデザルタに集結しているとも言われている（パンフレット情報）。

そんな人類の本拠地ともいうべき場所で――

「あのっ、だから聞いてください。イタズラとかじゃなくて俺は本当に魔王ゼルフェリオなんです。あまりに人類が強すぎるから、今日は潔く敗北宣言をしに来たわけで」

ゼルフェリオは世にも情けない現状を訴えていた。

REXデザルタ支部一階のフロントに佇《たたず》む受付嬢はそれを受けて、模範的な笑顔のまま答える。

「ご安心ください。意外と多いのですよ、そういう用件でここをお尋ねになるお客様は。『魔王が復活する恐怖に耐えられず、おかしな妄想で現実逃避をしてしまうんです。『魔王は時代遅れの雑魚《ざこ》だ！』『魔王なんて作り話に決まってる！』などが一般的ですね」

「お姉さん、冷静に考えてみてください。おかしいと思いませんか？　この時代の人間は十秒もあれば蘇生《そせい》魔術が使えるんですよね？　魔王《オレ》は約千年もかかるゴミカスな腕前しかないんですよ？　もうそれだけで実力差は歴然じゃないですか」

これだから素人は――という感じの、小馬鹿にしたようなため息を受付嬢は漏らした。

「不躾《ぶしつけ》な指摘かとは思いますが、もう少し歴史や古典の勉強をなさった方がよろしいかと。魔王は散り際に『千年の猶予をくれてやる』と遺《のこ》したとされています。あくまで人類に対する『猶予』です。これは余裕の顕《あらわ》れと解釈すべきで、千年という常識外のスケール感にむしろ魔王の規格外さを実感すべきでしょう」

ゼルフェリオは悔悟の表情となった。

確かにあのとき自分は『猶予』という言葉を使ったが、それは端的にいえば負け惜しみである。正直に『復活に千年もかかるけど待ってろよ』というと情けないから、上から目線で捨《す》て台詞《ぜりふ》を吐いたわけで。

と、受付嬢は数字の書かれた紙切れをすっとゼルフェリオの前に差し出してきた。

「……これは？」

「整理券です。用件は分かりましたので、番号が呼ばれるまで少々お待ちください」

そう言って受付嬢はロビーの待合席を指し示す。静かではあるが有無を言わせぬ圧を感じさせる言葉だった。

引き下がったゼルフェリオは片隅の椅子に座る。

ロビーにはそこそこ人が多い。ＲＥＸというのは軍事組織であるようだが、同時に民間人向けの講習なども積極的に行っているらしい。設置されている案内板には『対魔王ゲリラ戦セミナー』『初等護身術講座　～肉を切らせて骨を断つ～』『魔王は必ず追ってくる～他惑星への人類移住計画の諸問題点～』など、数々の講座名が書かれている。

どれも内容を想像したくないものばかりだ。

間違いないのは、ゼルフェリオの実態と乖離《かいり》した虚像が人類の中で膨れ上がっているということである。

「番号44番のお客様、お待たせしました。二番相談室へお越しください」

やっと番号を呼ばれ、ゼルフェリオは腰を上げた。この時代の実情を知れば知るほど自分が惨めになってくる。一刻も早く処刑してもらいたい——そう思っていたが、

「はい。魔王が怖すぎて自分を魔王だと思い込んでしまった方ですね？　もう心配ありませんよ。私のカウンセリングを受ければすぐに妙な妄想など消えてしまいますから」

案内された二番相談室にいたのは、白衣を着た医者らしき男だった。

ゼルフェリオはさすがに表情を顰《しか》め、

「だから違う。妄想なんかじゃなく、俺は正真正銘の魔王だと言っているだろう。こちらを虚仮《こけ》にするのもいい加減に」

「大丈夫ですよ。私の目を見てください」

がしっとゼルフェリオの頭を摑《つか》んで、医者は正面から視線を合わせてきた。

「確かに魔王は恐るべき存在です。だからこそ、我々人類は一丸となって奴を打ち破らねばならないのです。怯《おび》えている暇がありますか？　恐れている暇がありますか？　愚にも付かない妄想に囚《とら》われている暇がありますか？　答えはノーです。さあ、あなたは今日から生まれ変わるのです。私の言葉を聞き終えたとき、あなたは模範的市民として、魔王討伐のために自分ができることを模索し始めることでしょう……」

深淵《しんえん》のように真っ黒な瞳で覗《のぞ》き込まれた瞬間、ゼルフェリオは思考能力を失った。

言い聞かせられた言葉だけが頭蓋の中でわんわんと反響する感覚。

「これにてカウンセリングは終了です。初回なので軽めにしておきましたが、もし妄想が再発したならまたいつでも来てください。次はより強力に上書きして差し上げます」

「……はい！　先生、ありがとうございます……なんだかとても清々《すがすが》しい気分です……」

「それはよかった。ではお大事に」

ゼルフェリオは晴れやかな気分で相談室を後にした。

なぜさっきまで自分はあれほど鬱屈した心持ちでいたのだろう？　まったく不思議だ。細かいことで悩んでいるより、今は模範的市民として魔王を倒すことが先決で——

「……って、魔王は俺だろうがぁっ！」

危うくそのまま帰りかけたところでゼルフェリオは正気に戻った。

何がカウンセリングだ。完全に悪質な洗脳の類だ。もう少し強めにかけられていたら、完全に自分を見失うところだった。千年間も冥府で自我を失わずに済んだ精神力をもってしてもなお、本当にギリギリだったといっていい。

「おのれ……今の俺では処刑にすら値せんというのか、人類め」

仮にここで暴れてREXに喧嘩《けんか》を売ったとしても、一秒かからず制圧されて終わりだろう。運よくその場で殺してくれたとしても、それは不審者を排除しただけのことであって、魔王に対する誅殺《ちゆうさつ》ではない。

魔王としてこれ以上、生き恥を晒《さら》していたくはない。

いっそのこと、誰にも知られず入水《じゆすい》でもするか。敵前逃亡のような形となってしまうが、魔王として人類が相手にしてくれないなら他に手はない。

「……ん？」

そこでゼルフェリオは、久方ぶりに見知った気配を感じた。

気配はロビーの床の下。いや、それよりも遥かに深い場所から。おそらくはこのＲＥＸ支部の地下施設。

忌々しいほど清浄で、それでいて魔王に対してだけはどこまでも攻撃的な魔力の気配。

「……この気配！　聖剣か！」

驚嘆とともに声を発するゼルフェリオ。それに呼応するように、地下からの気配も増した。

まさか現代に、見知った物が一つでも残っていようとは。

たとえそれが千年前、自分の命を奪った代物であろうと、今のゼルフェリオにとってはどこか救われる気分だった。遠く離れた異邦の地で、同郷の知人に再会したかのような。

「そうか！　聖剣《キサマ》が何よりの証人ではないか！　ちょうどいい！　俺を魔王だと人類に伝

えるがいい！」

聖剣には独立した意志が宿っている。

喋《しゃべ》ったりするわけではない。だが、ある程度の自律行動をするところを何度も見てきた。

たとえば勇者と戦った際、ゼルフェリオは聖剣を見事に弾《はじ》き飛ばしてやったことがある。丸腰と化した勇者を切り刻んでやろうとしたとき——なんと背後から聖剣がブーメランのように舞い戻ってきて、ゼルフェリオの首筋を正確に狙ってきたのだ。

すんでのところで察知して躱《かわ》したが、あのときは胆が冷えた。

そんなことが一度や二度ではない。

勇者が聖剣に語り掛け、聖剣がそれに輝きで応じるという場面も目にした。あの勇者はイタい一人芝居をするタイプではなかったので、聖剣に対話可能な自己意識があるのはまず間違いない。

「貴様とて、千年も経《た》てば次の飼い主くらいは選んでいよう」

これにて万事解決。聖剣が現代の担い手に『こいつが魔王です』と伝えるだけでいい。

晴れてゼルフェリオは、魔王として処刑というハッピーエンドを迎えられる。

そのとき。

ＲＥＸ支部の施設内に、凄《すさ》まじい音量の警報が鳴り響いた。明滅する赤色灯が明らかな緊急事態を告げ、人々は『魔王か！』『魔王なのか⁉』と口々に戦慄している。

そのとおりである。今ここに魔王はいるのだ。

「まさか聖剣の奴に感謝する日が来るとはな」

地下から感じていた聖剣の気配がみるみるうちに地上付近へ迫ってくる。おそらくは現代の担い手に魔王復活の情報が伝わり、そいつが聖剣を握ってここに駆けつけようとしているのだろう。

ロビーの最奥。『関係者以外立入禁止』と記されていた重厚な機械扉が、駆動音とともにゆっくりと開き始める。

そこに立っていたのは現代の勇者——ではなく。

サングラスをかけた黒服の集団だった。

そのうち一人はアタッシュケースを抱えている。聖剣の気配はその中から発せられていた。

（……なんだ？　こいつらは）

処刑部隊にしては様子がおかしい。武装しているわけでもなく、臨戦態勢というようにも見えない。もっとも、それでもゼルフェリオに勝ち目はないだろうが。

黒服集団の一人が耳に嵌《は》めた通信機を介してどこかに連絡を取っている。

「地上に到着。モニタールーム。聖剣の反応はどうだ……了解」

通信に頷《うなず》いた男は、アタッシュケースを持っている男に指示を飛ばす。ケースの蓋が開かれると、そこには銀色に輝く聖剣が収まっていた。

とんでもなく眩《まぶ》しい。

それもそのはず。聖剣はその輝きを一点に収束させ、ゼルフェリオに向けてレーザーのごとく放ってきているのである。

「ぐ……貴様は相変わらずだな」

聖剣の発する破邪の光はゼルフェリオの身を焼き焦がす。魔力で防御すればさしたるダメージを負うことはないが、油断したときにはよく目潰しの閃光《せんこう》を喰《く》らったものだ。

「対象を発見した」

その光景を見て頷いた黒服たちが迫ってくる。

聖剣がこれほど敵意を放つ相手だ。魔王以外にはあり得ない。これでやっと——

「お迎えに上がりました、勇者様」

黒服たちはゼルフェリオの眼前で、揃《そろ》って地に膝をついた。

「……は？」

「たった今、聖剣様が長い眠りから目覚め、著しい発光反応を示しました。あなたもご覧になりましたね？」

「まあ……見ているが」

今も目の前でうざったいほどに輝きまくっている。

「そして聖光が示す先にはあなたがいた。これがどういう意味かは分かりますね？」

「俺が魔王──」

「そうです。あなたこそが聖剣様に選ばれた『魔王を討つ次代の勇者』ということです」

ゼルフェリオは落胆のあまりその場で崩れ落ちそうになった。

「違うっ！　いいかよく聞け！　俺こそが復活を果たした魔王ゼルフェリオ本人なのだ！　この聖剣は俺を敵視しているだけだ！　さっさと俺を処刑するがいい！　なあそうだろう聖剣!?」

ゼルフェリオは弁明して聖剣に向き直った。

ここで聖剣がゼルフェリオの言い分に同調してくれれば晴れて処刑だが、

「……おい、聖剣？」

なぜか聖剣は輝きを弱め、何か考えるようにチカチカと瞬き始めた。

そんな聖剣に対して黒服は尋ねる。

「聖剣様。念のため真偽を確かめたく思います。『この者は魔王ゼルフェリオである』。イエスなら一回の点滅、ノーなら二回の点滅でお答えください」

しばしの沈黙。

この時点でゼルフェリオはちょっと嫌な予感がした。

やがて聖剣は——死刑宣告のように二回点滅した。

「ノー。つまりこの者が魔王というのは虚言であると」

「おいコラ聖剣キサマ！　やっていいことと悪いことがあるだろう！　いくら俺が仇敵《きゅうてき》だとはいえここまで陰湿な嫌がらせ……許されんぞ！　騙《だま》されるな人間ども！」

「聖剣様が嘘《うそ》をつくわけないでしょう……しかし念のためもう一度確認します。聖剣様、この者は本当に勇者なのですね？　イエスなら一回、ノーなら二回の点滅でお答えください」

聖剣は『こいつ勇者です！』と高らかに宣言するように、力強く一回だけ点滅してみせた。

そうだった。

聖剣《こいつ》はこういう奴《やつ》だ。

魔王としてゼルフェリオが「よく来たな勇者よ……」と威厳たっぷりな口上を述べている最中に、いきなり目潰し光線を浴びせてくるような性格だった。なんなら勇者本人より魔王に対して敵意剝《む》き出しだったといっていい。

（おのれ……ならば貴様も道連れだ！）

この後どこかのドブにでも放り捨ててやる。

ゼルフェリオが聖剣に手を伸ばそうとした瞬間、黒服はケースごとそれを遠ざけた。

「残念ではありますが、勇者様にこちらの聖剣様をお渡しすることはできません」

「え……？」

なぜだ。聖剣とは勇者の手にあってこそだろうに。

黒服は残念そうに首を振って、

「聖剣様は千年前の魔王との戦いで、その力のほとんどを使い果たしているのです。現在は辛うじて勇者選定器としての機能を残すばかりで、もはや武具としての機能は期待できません。よく見てください、魔力らしい魔力もほとんど残っていないでしょう？」

ゼルフェリオは聖剣を改めて直視した。そして思う。

――こいつの魔力、もともとこんなもんだよ。

ゼルフェリオが時代遅れになってしまったのと同じように、聖剣もこの時代では「力を失った遺物《ガラクタ》」という扱いしかされていないらしい。

（そうか……どうりで妙に的確な嫌がらせをしてくるわけだ……）

なんのことはない。聖剣自身が今のゼルフェリオと同じ屈辱に耐え続けていたから、同じ目に遭わせてやるという発想が容易に浮かんだのだろう。

敵ながらちょっと不憫《ふびん》になってきた。

「というわけですので、聖剣様は引き続きＲＥＸで管理させていただくことになります。貴重な勇者文化財ですから、専門家のもとで慎重に保管せねばならないのです」

ばたんとアタッシュケースが閉じられる。聖剣にとっては『貴重な文化財』として丁重に扱われる方が、ある意味でドブ送りより辛い待遇かもしれない。痛み分けということで勘弁してやることにする。

「ところで勇者様。あなたは先日、魔王復活予定地への不法侵入で警察に確保されていますね？」

と、そこで黒服の一人がゼルフェリオに問いかけてきた。

「あ、ああ……それは俺が魔王だからで」

「本日の来館履歴でも、同様の主張をしたためにカウンセリング送りになったと記録されています。勇者ともあろう方が、そのような悪戯《いたずら》を繰り返しているとは感心いたしません」

反論しようとしたゼルフェリオを黒服は手で制した。

「動機はお察しいたします。聖剣と担い手の間では、特別な意思疎通が可能といいます。あなたはおそらく、数日前から『聖剣に選ばれた』という自覚があったのでしょう。しかし、あなたはその重責に耐えられなかった。自ら悪質な行為に手を染めることによって、わざと勇者としての資格を失おうとした——違いますか？」

普通に全然違う。

合っている箇所が一つもない。

「あのな。そんな捻《ひね》くれた解釈の前に、俺が魔王という可能性をもうちょっと真剣に……」

「そうでないというなら、あなたは『自分を魔王だと思い込んでしまっている人』の可能性が非常に高い。速やかに高強度カウンセリングを行い、勇者として相応《ふさわ》しい真人間になっていただきたいと思います」

「ごめんなさい。すべて仰《おつしや》るとおりです。ぜんぶ悪戯でやってました。俺は聖剣に選ばれた勇者で間違いありません」

その場に土下座してゼルフェリオはプライドを捨てた。

あのカウンセリングだけは二度と御免だ。ここで変に意地を張ったら、問答無用で脳の髄までピカピカの勇者に塗り替えられてしまう。

「それはよかった。では、このまま地下の前線司令部に案内いたします。新たな勇者様のお力がどれだけのものか、まずは詳細に測定させていただくこととなりますが」

「あの〜……俺、見てのとおり弱いんですけど。大丈夫ですかね？」

複数の黒服が顔を見合わせた。

「確かに今のあなたからはまるで大した魔力を感じませんが、真の力を隠しているのでは？」

「いやあそれが、これが正真正銘の素の力で……これは嘘じゃないですからカウンセリング送りはやめてくださいマジで。測定機器とやらで入念に検査してくれてもいいですから」

揉《も》み手《で》をしつつ必死に頭を下げるゼルフェリオ。

黒服たちは集まって話し合いを始めた。

「確かに……いくら魔力を隠そうと、強者には特有の風格がある。この者にはまったくそれが見受けられない」

「実は初見で『雑魚《ざこ》では？』と思ってしまった」

「同じく」

「口を慎め。かつて魔王を討った聖剣様が選んだ勇者だぞ。今がどれだけ情けなくとも、きっと凄《すさ》まじい潜在能力を秘めておられるのだ」

自分たちで勇者扱いしておきながらこの物言い。

まあ、もうどうでもいい。

どうせ自分が魔王という主張はどう転んでも受け付けられないと分かったのだ。適当にこの場をやり過ごしたら、山奥とかでひっそりで自害しよう。

そこで、通信機を装着していた黒服が耳元に手を当てた。

「──司令部ではなく、そちらに案内せよ、と？　かしこまりました」

その黒服がゼルフェリオに向き直る。

「申し訳ありません。まずは戦闘能力測定を行うはずでしたが、あなたがまだその域にも達していないということで予定変更となりました」

「好きにしろ」

早く冥府に還《かえ》りたい。今こうして息をしている一秒一秒が苦痛でならなかった。

「ときに勇者様。今後のためにも、お名前を伺ってもよろしいですか？」

投げやりな気分だったゼルフェリオはごく適当に、ただ真の名を略してこう答えた。

「……ゼオだ」

＊

昇降機の箱は高速で地下を進んでいく。

地下施設はＲＥＸ支部の直下だけでなく、デザルタの都市全域に張り巡らされているらしい。最初にまっすぐ下降した後、水平方向にも長い移動時間があった。施設間を結ぶ地下ルートが構築されているのだろう。

（アリの巣のようだな）

ゼルフェリオ――改めゼオはそんな感想を思い浮かべた。

得てしてこういった構造の陣地は攻めるのが難しい。一つの拠点を集中攻撃しても、繋《つな》がった避難路から別の拠点に脱出される。迂闊《うかつ》に深追いすれば通路を爆破され、こちらが生き埋めにされてしまうリスクも伴う。

そこまで考えたところで自嘲が漏れた。

もう人類との戦いは終わったのだ。誰にも知られず魔王《オレ》が負けた。未練たらしく相手の情報を得ようとするなど、往生際が悪いというものだ。

と、そこで黒服が口を開いた。

「これよりゼオ様を技術部に案内させていただきます」

「技術部？」

「はい。現在のゼオ様の肉体は、とても戦闘に耐えうるものではありません。そこで技術部が『まずは能力の底上げを試みたい』と」

「底上げ？　トレーニングでもさせられるのか？」

「もっと抜本的な改善策かと。たとえば分かりやすいところで言いますと、脳以外の肉体をすべて機械に置き換える——いわゆるサイボーグ化など」

ゼオは石像のような表情となった。

「……俺は、これから機械にされるのか？」

「いいえ。あくまで例に挙げただけで、サイボーグ化は今や一昔前の技術です。魔力との親和性という点で、やはり機械は肉体に劣りますから。現在は自己由来の細胞を強化培養したバイオメカニックパーツに各部位を換装していく方式が主流です」

よく分からんが、今から恐ろしいことの被験体にされそうだということは分かった。

逃げようにも地下の閉鎖空間である。

「しかし、あれは最低限レベルの戦士を量産するための技術だろう。その後の成長も大して見込めない。仮にも勇者様をバイオ化していいのか？」

「しないよりは幾分マシだろう」

「ああ。現状、それ以外の選択肢はない」

勝手に黒服どもがゼオの行く末について議論している。ゼオ本人に決定権はないようだ。

暗澹《あんたん》とした気分でいると、やがて昇降機の扉が開いた。

いったいどんな施設なのか。

ゼオの脳裏に浮かぶのは、かつて陥落させた人間の城で見た拷問室だ。あのように陰惨な場所で、これから自分は手足を千切られ腸を抉られるのだ——

「ママー！　手術終わったよぉ！」

「ああ、よかった！」

しかし、扉の先に広がっていたのは予想外の光景だった。

ピカピカに磨かれた白い壁と床。清潔感のある様子は、病院などの衛生施設を思わせる。

そこで、まだ幼い少年と母親らしき女性が抱き合っていた。いかにも感動シーンといった雰囲気で、拷問室を覚悟していたゼオはしばし放心する。

「失礼いたします。次代勇者のゼオ様ですか？」

親子の抱擁を見ていたゼオの横から、控えめに声をかけてくる者がいた。丸眼鏡《めがね》をかけた白髪の男性で、その表情はごく穏和なものだった。

「……は、はあ」

「私はこの技術部強化室で室長を務めている者です。どうぞ以後お見知りおきを」

「はあ」

頷《うなず》くゼオの脇を、さきほど母親と抱き合っていた少年がすり抜けてくる。

「先生！　ありがとう！　これで僕学校に行けるよ！」

「ああ、それはよかった。みんなと一緒に楽しむんだよ」

「うん！」

しゃがんで少年の頭を撫《な》でた室長は、礼を言う母親にも柔和な笑みを返し、去りゆく二人を見送った。

「強化室というのは魔王討伐においてあまり重要視されない部署ではありますが、私はこの仕事に誇りを持っています」

そして彼はゼオに向き直る。

「今の少年は、生まれつき身体が弱く……満足に学校に通うこともできませんでした。ですから、この強化室の技術で肉体を改善したのです。明日からは何の心配もなく学校生活を楽しむことができるでしょう」

室長は気恥ずかしげに鼻先を掻《か》いた。

「おっと失礼。自慢話のようになってしまいましたね」

「いや……構わん」

どんなイカレ施設かと思ったら、思ったより話の通じそうな相手でゼオは胸を撫《な》で下《お》ろした。ゼオの価値観ではトンデモ技術だったが、病気の治療にも応用されるなど、この時代の人間にとっては正当な医療行為に近いものなのかもしれない。

「室長。言っておくが、俺は弱い。どう強化されようと期待に添えるとは思わんが」

「いいえゼオ様。弱いことこそが大事なのです」

ゼオは首を傾《かし》げた。

「私が思うに……たとえ卓越した戦士が一人で魔王を倒しても、それは『人類の勝利』とはいえないのではないでしょうか？　それは一人の戦士の勝利であって、人類という総体の勝利ではありません。力なき者たちが全員で力と知恵を結集し、強大な魔王を打《う》ち破ってこそ、真なる人類の勝利だと思うのです」

「どういう意味だ？」

長々としていてよく理解しかねる。尋ね返したゼオに、室長は微笑んで言葉を続ける。

「今のゼオ様は非常に弱い。信じられないほど弱い。ですが、そんなゼオ様でも魔王を打ち破れるということが証明できれば、人類は完全に魔王の恐怖を克服することでしょう。

魔王がまた千年後に復活すると宣言してきても、もはや誰も恐れはしない。ゼオ様のように力なき者でも……誰でも魔王を屠《ほふ》れると分かったのだから――もしかすると聖剣は、あなたにそんな未来を見たのかもしれない」

魔王《オレ》に対する純粋な嫌がらせだよ、とは思うが口には出さない。

そんなゼオの表情を辟易《へきえき》と解釈したか、室長が浅く頭を下げる。

「失礼。ついこの持論を語るときは熱が入り過ぎまして……要するに、私ども強化室の理想は『誰でも魔王を倒せる社会』を実現することなのです。理想論と笑われることもありますが、ゼオ様はまさにこの目標を果たす上で理想的な勇者様といえます」

「誰でも魔王を倒せる社会……それはまあ、うん、ずいぶん大きな目標だな」

既に理想が達成されているなどとは夢にも思うまい。

萎えた気分の中で思い出すのは、かつて自分を倒した勇者が告げた言葉である。

『それなら――人類《こちら》も、全力でお前を迎え撃とう』

あれは、こういう意味だったのだろうか。

勇者という一人の強者のみが戦うのではなく、人類すべてが魔王を凌駕《りょうが》するほどの戦力となって戦う光景。もし奴《やつ》があの時点でそんな未来を思い描いていたのだとしたら、ぐうの音も出ないほどの完敗だ。

と、そこで、

「ゼオ様。こちらを」

「ん？　なんだこれは」

室長がいきなり手渡してきたのは、小指の爪にも満たないサイズの小さな金属板だった。

「いつかこんな日がやってくる。そう思って、我々が地道に開発を続けてきた特別な生体チップです。ゼオ様のような方にこそ、このチップはふさわしい」

「これを俺の体内に埋め込むというのか？　だが俺の魔力など……たかが知れている。どれだけ強力な魔術をこの中に書き込んでいようと、発動すらままならんぞ」

「大丈夫です。そのチップを装着していれば、魔力は無尽蔵に湧き出してきます」

何、とゼオは唸《うな》る。

もしそれが事実だとすればとんでもない代物だ。

だが、どれだけ凝視してみてもただのミニサイズの金属板だ。無限の魔力が込められているようには見えない。

「信じられんな。本当にこの中に無限の魔力が込められているのか？」

「いいえ。そのチップ自体に魔力が充塡《じゅうてん》されているわけではありません。これは『マスターチップ』というものでして、装着すれば――他の生体チップ装着者たちから、際限なく魔力を吸い上げることが可能となるのです」

「は？」

ゼオは口を半開きにした。

「吸い上げるというのは……どういうことだ？」

「どういうことも何も、そのままの意味です。植物の根が土から養分を吸うように、あなたへと魔力を強制徴収するのですよ。チップの普及率はほぼ一〇〇％。その者たちからほぼ無限に供給を受けられる以上、どんな強力な魔術も使い放題です」

「いや……まずいだろう。使い放題とはいうが、あまりにも魔力を吸い上げてしまっては、衰弱死しかねんぞ。魔力を奪い取る以上、死んでいく連中は蘇生《そせい》魔術も使えんだろう」

「どうせ魔王を倒せねば、世界人類はすべて滅びるのです」

だからといって、やっていいことと悪いことがある。

ＲＥＸを訪ねる前、血迷った挙句に魔王らしからぬ非道な手段として『チップに人類の殺戮《さつりく》魔術を仕込む』というのを考えてしまったが、まさか既に人類サイドの方が同じような手法を採用していたとは。

「さあ、ゼオ殿。今すぐそのチップを使ってください。皮下に埋め込めばすぐに組織と同化して肉に溶け、その瞬間にあなたは紛れもない勇者へと生まれ変わることでしょう」

ゼオは即決。

指先に力を集中し、マスターチップを砕いた。

「ああっ！　何を！」

「こんなものが使えるか！」

あまりに卑劣かつ外道。誇り高き魔王として、生理的に受け容《うい》れられるわけがなかった。

たぶんかつての勇者もここにいれば同じ反応をしただろう。仮にも奴は正面から魔王ゼルフェリオを打ち破った戦士である。

前言撤回。勇者《あいつ》がどんな未来を思い描いていたかは知らないが、断じてこういう感じの未来ではない。

「──というか、完全におかしいぞ貴様。さっきまで子供を思いやるような素振りをしていたくせに。このチップを使えば無辜《むこ》の子供も大勢死ぬのだぞ？　その矛盾をどう説明する」

「はい？　何を仰《おっしゃ》っているので？」

驚愕《きょうがく》。何を言っているか分からない、という顔で室長は眉を顰《ひそ》めた。

ゼオは困惑しつつも、

「ほら、さっき病気の子供を治療していただろう。あそこまで命の尊さを理解しているのなら、このような残酷な手段を採ることは良しとせんと思うのだが」

「ああなるほど、そういった誤解をされていたのですか」

うんうんと室長は頷き、ぽんと手を打った。

「あの子は病気ではありませんよ」

「何？　だが、身体が弱くて学校に行けないと……」

「ええ、生まれつきの戦闘素養が低すぎて、義務教育課程での戦闘実習プログラムについていけなくなったのです。本人も『僕だけみんなと一緒に戦えないなんて……』と、毎日戦士としての屈辱に震えていました。そこをちょっと強化してあげたわけで」

想定していたのと方向性の違う真相が来た。

子供がそんなことで屈辱に震えるな。呑気《のんき》に学校行って遊んで飯食って寝てろ。

「この時代に生きる者で、魔王討伐に協力を惜しむ者など一人としていません。勇者様の魔力源となって散るならば、誰もが本望でありましょう。さあゼオ様、我ら仲間とともに覇道を歩むのです」

そう言って室長は、懐からマスターチップをもう一枚取り出してつかつかとゼオに歩み寄ってきた。穏和そうな男だが、もちろん今のゼオでは敵《かな》わないほど強い。

ここまでゼオを連れてきた黒服たちも、昇降機の手前でじっと待機しているだけで助けてくれそうな様子はない。ただの傍観者の立場を貫いている。

ここまでか。自分は人類どもの実験動物にされてしまうのか。

「はいそこまで。せっかく現れた勇者を、つまらない玩具《おもちゃ》にしないでくれる？」

そこに、割り込んでくる声があった。

声の主は室長の背後。さっきまで誰もいなかったはずの場所に、生意気そうな少女が立っていた。さっきの少年よりは大きいが、それでも十歳やそこらといった年頃だろう。明るい茶髪をサイドテールに結び、ピンクの上着はわざと着崩している。どこか煌《きら》びやかなその雰囲気は、こんなアングラ人体改造施設にとても相応しくなかった。

どこかから迷い込んだ子供か？

「ベルカ様……！」

が、室長が明らかに動揺を見せた。とても普通の子供に対する態度ではない。

「こ、これは正当な業務です！　ゼオ様の戦闘力不足は司令部もさきほど認めたところ！　技術部として正式に抜本的強化の依頼を受けたわけで」

「そ。でも上が許可してもわたしが許可しないから」

「し、しかし……」

「諦めなさい」

渋る室長の脇をすり抜け、ベルカと呼ばれた少女はゼオの真正面に立った。

「あんたが聖剣に選ばれた勇者？」

「あ、ああ。一応」

ゼオは頬《ほお》を掻く。

状況がよく呑《の》み込《こ》めない。ベルカとかいうこの小生意気な少女は、幹部の娘か何かなのだろうか。何者にせよゼオを室長の魔の手から救ってくれるならありがたいが、

「ふっ……面白い奴ね」

ゼオを見つめたベルカは、瞑目《めいもく》しながらそう呟《つぶや》いた。

「『簡単に強くなる手段』なんて誘惑をチラつかされて、すぐに拒否できる奴はそうそういないわ。あんたみたいな雑魚《ざこ》ならなおさら。どうして断ったか、理由を聞かせてくれる？」

「いや、だって……普通に嫌だろあんなの」

拒否する理由しか見当たらなくてゼオは逆に迷う。力の誘惑は分からないでもないが、この世にはやっていいことと悪いことがある。

「――合格よ」

と、そこでベルカはなぜか満足げに頷《うなず》いた。

「あんな小手先の道具に頼って得た力なんて、所詮は紛《まが》い物《もの》の強さでしかない。本当の強者は自らの力で戦うもの。未来の勇者として、あんたはそれを直感的に理解しているみたいね」

「はあ……どうも」

微妙にニュアンスは違う気がするが、まあそういうことでいいかと思う。

「じゃあ行きましょうか。ついてきなさい」

「待て。行くってどこに……そもそも誰なんだお前は？」

現時点で名前以外の情報がまるで知れない。子供のくせしてやたらと偉そうな理由も。

ゼオが尋ねると、ベルカは空色の目を丸くした。

「知らないの？　わたしを？」

「知らん。初対面だろう」

「えぇ……あんた、どこの辺境でどんな暮らししてたの？　わたしを知らないなんて山奥暮らしの世捨て人でもない限りあり得ないと思うんだけど」

詰め寄ってくるベルカ。どんな有名人だろうと、千年遅れの存在であるゼオが知っている道理はない。しかし、そんな本音を主張してはまたカウンセリング送りになるかもしれ

ないので、

「あ、ああ。実はそのとおりだ。俺はどうも……人間嫌いな性質《たち》でな。山奥でずっと一人で暮らしてきたんだ」

適当な言い訳だが、まるっきりの嘘《うそ》ではない。実際、魔王ゼルフェリオとして活動していた千年前は、人里離れた僻地《へきち》を転々として暮らしていた。

それを聞いたベルカは、どこか申し訳なさそうな表情になって、

「あっ……そう、そうね。それくらい貧弱だと、いろいろ辛《つら》いことも多そうだものね。深くは詮索しないことにするわ」

ずいぶんと失礼な解釈をされたようだが、敢《あ》えてゼオは否定しない。現に今、いろいろとすごく辛いのは事実だ。

「で、お前はそんなに有名なのか？」

「ええ。わたしは――」

そこまで言いかけて、ベルカはふと言葉を止めた。

両手をぱちんと叩《たた》き合《あ》わせ、妙に嘘くさい笑顔で、

「あ～、うそうそ！　ごめんなさい！　ちょっと見栄張っちゃっただけ。わたしはそんなに大層な者じゃないからさっきのは忘れて！」

「だけど実際、さっきあの室長に偉そうな口を聞いていただろ」

「そこは、えっと……そう！　わたしは見てのとおり可憐《かれん》な美少女だから、ＲＥＸの広告塔を任されてるの！　だからちょっとワガママが通るっていうだけで」

額に汗を浮かべて手をぶんぶんと振るベルカに、背後から室長が話しかける。

「何を言っているのですベルカ様。あなたは人類の最高せんりょっ」

きっ！　とベルカが室長を睨《にら》みつけた瞬間、彼は白目を剝《む》いていきなり昏倒《こんとう》した。

「あれっ？　どうしたんだろ？　この人ったらいきなり寝ちゃって、もしかしたら働きすぎで寝不足だったのかな？」

世にも白々しい仕草で首を傾《かし》げてみせるベルカ。

ゼオにすら一目瞭然だった。彼女は凄《すさ》まじい殺気を放って、室長をその威圧感のみで気絶させたのだ。威圧だけで相手の意識を断つのは、蛇と蛙《かえる》どころの話ではなく、蟻《あり》と巨獣ほどの実力差がなければできない芸当だ。

もうこれだけで、この少女が只者《ただもの》ではないのが分かった。

一方でベルカは飄々《ひょうひょう》と続ける。

「というわけで、お兄さんもちょっと広報のお仕事に付き合ってくれませんか？　広告塔のわたしが次の勇者様としてお兄さんをみんなに紹介すれば、人類の士気もうなぎ登りだと思うんですよぉ」

猫撫《ねこな》で声《ごえ》に揉《も》み手《で》。そのくせ背中から邪気を溢《あふ》れさせている。ろくでもない魂胆があるのは見え見えだったが、どんな姦計《かんけい》を練っているのかはまるで見当もつかない。

本当にこの時代の人類は、どいつもこいつも性根が腐っている。さりとて今のゼオに抗《あらが》う術などない。

「……好きにしろ」

どうせこの場を乗り切ったら自害すると決めているのだ。

「きゃあっ。さすが勇者様。懐が広いです～」

はしゃいだベルカはゼオの手を取り、そのまま昇降機に引っぱっていく。下がって待機していた黒服たちはベルカの目配せで蜘蛛《くも》の子を散らすように消え、そのまま二人で狭い箱に乗り込む。

操作パネルを凄まじい速度でベルカが乱打する。行き先の指示というより、それは何かしらの暗号コードを入力しているようにも見えた。

（やはり人類は醜い生き物だ）

移動する箱の中でゼオは改めて確信を深める。

勇者のようにごく一部の例外はいるものの、基本的に人類というのは大多数が屑《くず》なのだ。

そんな風に悪辣な者が多かったからこそ——闇の結晶たる魔王ゼルフェリオがこの世に生まれ落ちたのだ。

人類がもっとマシな生き物なら、魔王など最初から生まれていない。

「ところでちょっと注意事項があるんだけどいい？」

「ん？」

唐突にベルカが話しかけてくる。

「これから行く先ではなるべく言葉を控えて。視線は床に落として、間違っても誰かと目を合わせちゃダメ。どんな罵声が飛んできても聞こえないフリをして」

「……はぁ？」

なんだその注意事項は。

「絶対に守りなさい。そうでないと命の保証ができないわ」

「待て。いったいどこに連れて行くつもりなんだ？」

「さっき言ったじゃない、広報よ広報。あんたを次の勇者として紹介するの」

「なんで広報活動に命の危機が伴うんだ？」

そのとき、昇降機が動きを停止した。機械扉がゆっくりと開いていく。

「もう時間がないから黙って従いなさい」

開いた扉の向こうには、

「あっれ〜？　ベルちゃんどうしたの？　勇者様を連れてくるんじゃなかったの？」

にこにこと柔和に笑う女性がいた。歳は二十代半ばか。セーターにスカートという軍事施設に似合わない凡庸な格好は、一瞬だけ身構えたゼオを拍子抜けさせる。

「ええ、こいつよ」

「え〜？　どこかしら？　ごめんなさい、私って目が悪くてぇ〜」

女性はゼオの目の前にいるというのに、きょろきょろと探すように首を回している。

ここまで間近でゼオが見えないというなら、この女性は視力にかなり問題を抱えているのだろうか。

そこでベルカがぼそりと言う。

「この女は人類七傑の一人【暴力】のリュテルノ。戦闘能力の低い奴《やつ》のことを基本的に虫けら同然の存在だと思ってて、目の前にいようが透明人間みたいに扱うわ」

「……は？」

「え〜、ベルちゃん。誰とお話ししてるのぉ？　お姉さん、ぜんぜん誰も見えないなぁ。あ、もしかして妖精さんとお喋《しゃべ》りごっこ？　可愛《かわい》い〜」

にこやかな女性――リュテルノは、ゼオをまったく無視してベルカをぎゅっと抱きしめた。ベルカは冷めた顔である。

「出迎えがこいつでよかったわ。徹頭徹尾あんたのことは無視してくれるから、危害を加えてくる可能性は一番低いもの。ただしキレたら一番エグいから油断は厳禁よ」

「ちょっと待ってくれ。人類七傑ってなんだ？」

「ああ。そこから説明が必要だったのね。『ちょっと前まで人類最強だった七人衆』のことよ。強さ至上主義のＲＥＸでは幹部的地位にいるわ。で、ここはそいつら専用の特別待機室」

「特別待機室？」

「この基地はいちおう魔王復活予定地の最前線だから。緊急事態に備えて七傑のメンバーは三人以上が常時待機することになってるの」

複数が常時待機。ということは。

ゼオの嫌な予感は的中した。昇降機を迎えるロビーの奥から、どしんと地鳴りのような足音が響いてきた。

姿を現したのは、大男だった。

身長はゆうにゼオの倍はあろうかというほど。筋骨隆々の巨軀《きょく》にはトレーニング用途なのか大量のウェイト拘束具が装着されており、鎧兜《よろいかぶと》を嵌《は》めた顔は口元しか見えない。

「……」

大男は沈黙しているが、兜の奥から刺すような視線を感じる。

「あいつは七傑の一人【暴力】のバウゴン。言葉より殴り合いでのコミュニケーションを好む奴なんだけど、陽気すぎていきなり見ず知らずの他人にコミュニケーション試みちゃうことがあるから、普段は拘束具で自由な動きをセーブしてるの」

「さっきも二つ名【暴力】じゃなかった？」

「七傑は二つ名を【暴力】で統一してるのよ。『我ら七人で一人の戦士』って、結束力を高めるためにね」

「もうちょっと結束力高まりそうな二つ名あるだろ」

思わず二つ名の件を尋ねてしまったが、よく考えたらそれ以外の点もおかしい。いきなり殴りかかってくる危険人物を『陽気すぎ』で片づけていいわけがない。断じてシャバを歩かせるな。

ベルカが抱きついてくる女性を引き剝がして尋ねる。

「リュテルノ。待機してるあと一人は誰？」

「ここにいるぜぇ！」

しかし、答えたのはリュテルノではなかった。

瞬間移動と見紛《みまが》うほどの速度で、床に摩擦の煙を上げながら一人の男が姿を現した。金髪を鶏のトサカのように逆立てた、見るからに品性のない男である。

「自己紹介してやるよ！　オレぁ【暴力】のディケンド！　七傑最速の切り込み隊長たぁオレのことよ！」

甲高い声で吼《ほ》えるトサカ頭を見てベルカは眉を顰《ひそ》める。

「こいつかぁ……」

「あいつはどんな奴なんだ？」

ゼオが小声で訪ねる。

「あいつは七傑で一番の馬鹿よ。最近まで尻の拭き方をよく理解してなくて、トイレに行くたび床中を紙まみれにして基地の庶務担当から死ぬほど嫌われてたわ」

なんかこいつだけヤバさの方向性が違う。

「ねぇねぇベルちゃん。そんな風に独り言してないで、みんなでお茶しましょう？　聖剣が勇者様を選んだんだから、お祝いしなくっちゃ。うふふ」

そう言ってなぜかリュテルノはベルカの肩を揉《も》む。

「ねぇねぇベルちゃん、やっぱりあなたが勇者様に選ばれたんでしょ？　だって『今から勇者を連れていく』って連絡しておいて、一人でやってくるんだもの。これはもう『わたし自身が勇者です』って宣言みたいなものよね？」

「リュテルノ、あんたその無視癖をいい加減に」

「だっておかしいじゃない？　たった一人で私たち七傑を簡単に蹴散らせる世界最強のあなたが、勇者に選ばれないはずないでしょう？」

　ゼオは目を見張ってベルカの方を向いた。

只者ではないと思っていたが、まさかこんな子供がそこまでの実力者とは。

「それが残念。わたしは選ばれなかったのよ。で、こいつが選ばれたわけ」

瞬間、ゼオは凄まじいプレッシャーを感じた。リュテルノの背から怒気が立ち上るのを目視できるかのようだった。実際、彼女の髪は溢《あふ》れ出《で》る魔力で逆立っていた。

「ベルちゃん。こいつ、とは誰のこと？　あなたが指差す先には、だ〜れもいないと思うのだけれど」

「あんたはひたすら俯《うつむ》いて黙ってなさい。失言が死につながるわ」

ゼオを背に庇《かば》うような姿勢でベルカはリュテルノと睨《にら》み合う。

「リュテルノ。あんたがわたしを買ってくれてたのは知ってるわ。だからここは、わたしの面子《メンツ》を立ててくれないかしら。今すぐこいつを認めろとは言わないけど、少しだけ猶予をちょうだい。聖剣の見立てが間違ってなければ、勇者としてこれから成長の見込みはあるはずよ」

「成長の見込み？」

こきり、と関節を鳴らしてリュテルノは首を傾《かし》げた。まるで首が折れたのかと思うほど不気味な角度だった。

「何を言っているの？　そこには何もない。何もないいんだから成長なんてするはずがない。だって何もないんだもの。何もないものはこれからも何もない絶対に」

「今はそういうことでいいわ。いつか必ず、あなたにもこいつが見えるようになるから。バウゴン！　こっちに来なさい！」

全身に拘束具を纏《まと》った大男が、ベルカに呼ばれて鈍重な足取りでこちらにやってくる。

「こいつを暫定的にでも勇者って認めてもらえる？」

問うたベルカに対して大男は拳を振りかぶった。

応じるようにベルカは掌《てのひら》を広げ、

――衝撃。

轟音《ごうおん》とともに空間が震え、炸裂《さくれつ》した大気がゼオの鼓膜を危うく破りかけた。

見ればベルカは、いとも簡単にバウゴンの拳を受け止めていた。

「『そんな愚物とはコミュニケーションする価値もない』か。陽キャなあんたがそこまで言うなんてよっぽどね」

頷《うなず》いた大男は、ずしんずしんと足音を立てて再び部屋の奥に戻っていく。比喩でも何でもなく、本当に拳で意思疎通する生き物らしい。

「で、ディケンド。あんたは」

「オレはもちろん大反対だぜぇ！　そんな糞雑魚《くそざこ》ナメクジ、勇者どころかＲＥＸの末席に置いとく価値もねぇ！　いるだけでオレたちの名声が穢《けが》れちまうってもんだ！」

尻の拭き方も弁《わきま》えていない奴にだけは言われたくなかった。

「こうなるだろうとは思ってたけど、やっぱりか……他の四人の意見もいちおう聞きたいんだけど」

「聞くまでもねぇ！　他の連中もそんな雑魚はお断りって言うに決まってらぁ！」

「でしょうね」

ふぅ、とベルカはため息をついた。

「なあ、ちょっといいか」

「何よ。黙っておきなさいって言ったでしょ」

「いやさすがに気になるだろ。お前は今、何をしようとしてるんだ？」

「あんたを次期勇者として幹部の七傑から公認取ろうとしてんのよ。暫定でも勇者として認められたらいろいろ特権が認められるし、強くなるためのサポートも受けられる。悪い話じゃないでしょう？」

はぁ、とゼオは生返事する。

悪い話も糞もない。ゼオはこの後、基地から解放されたら適当に自害するつもりなのだ。

——待て。

もう茶番に付き合うのも面倒になってきた。どうせ死ぬなら、わざわざここで大人しくしている必要もない。

「おい、そこのリュテルノとかいう性悪女」

ゼオは意を決してリュテルノを指差した。

「そんなに俺に追い抜かれるのが怖いか？　七傑というのも聞いて呆《あき》れる。群れて戦うことしか知らん雑魚が、よくも俺を上から評せたものだな。悔しかったら俺を力尽くで黙らせてみろ」

「ばっ……！」

ベルカが慌ててゼオを止めようとしたときには、もう遅かった。

ゼオの腰から下が消し飛んだ。

「っ……⁉」

上半身だけで床に倒れ落ちるゼオ。激痛よりも混乱が先に来る。攻撃されることは想定していたが、何をされたかまったく分からなかった。

「本当、気に入らないゴミ。せっかく無視してあげてたのに」

転がったゼオをリュテルノが睨みつけた。

「即死は勘弁してあげたから、死ぬ前にさっさと蘇生《そせい》魔術でも使ったら？　ああ……でも、その残念な魔力じゃあ蘇生魔術なんて使えないわね？　じゃ、死ぬまでせいぜい苦しむがいいわ」

「リュテルノ。今すぐこいつを治しなさい」

ベルカが脅すように人差し指をリュテルノに向けた。

「やっぱりベルちゃんは優しいのね……でも嫌。こいつが死ねば、きっとあなたが勇者に選ばれるもの。ここであなたに殺されたっていい。あなたが勇者になるお手伝いができるなら、お姉さんはなんだってするわよ？」

「この性悪――……！」

ベルカが何か吠《ほ》えているようだったが、その声は急速に薄れていった。ゼオの意識が途絶えかけているのだ。

これでいい。

紆余曲折《うよきょくせつ》はあったが、無事に人類の戦士の手にかかって死ぬことができた。魔王としてそれなりに納得できる死に方だ。

……本当にそうか？

死を目前にして、ゼオの心に一抹の疑問がよぎる。

魔王とは人間の心の闇そのもの。ゆえに闇の化身として、魔王ゼルフェリオは多くの愚かな人間どもに裁きを与えてきた。

この時代の人間は一人一人が魔王を遥《はる》かに凌《しの》ぐほど強力で、そして邪悪だ。

世界にはかつてないほど邪悪な心が満ち溢れている。

ならば――

魔王は、闇ある限り滅びない。

止まりかけていた心臓が、ひときわ大きく拍動した。

冥府の昏《くら》さを感じていた視界が、再び光を取り戻していく。

「……そういうことか」

そう呟《つぶや》いて、ゼオは立ち上がった。

消えたはずの下半身は既に再生しきっており、魔力で編まれた衣服も復元している。

「あんた――？」

ベルカが驚愕《きょうがく》の表情で振り返る。当然だ。あの状況から、ゼオのような雑魚が自力で助かる術は普通あり得ない。

ち、とリュテルノが舌打ち。

「蘇生魔術が発動できたのかしら？　ずいぶんと早かったけれど……」

「……ハッ。あの程度の攻撃で俺が死ぬと思ったか？」

「じゃあ今度こそ殺してあげる」

今度は手加減なしだった。下半身どころか、上半身も含めゼオの肉体すべてが粉微塵《こなみじん》に消し飛んだ。

冷静な状況で喰《く》らってみて、ゼオはリュテルノの技の本質を理解する。

これは単純な『強化』に類する魔術――その極致だ。本来は自他の肉体や武器を強化することを目的とした基礎魔術だが、この女は効果を反転させた『弱化』も得意としているていようだ。

おそらく極限までゼオの肉体を『弱化』させることで、瞬時に風化するほど脆《もろ》くしているのだろう。

補助的な術を必殺の威力にまで昇華しているのは、見事というほかない。

脳すらない状態で、ゼオはそんなことを考える。

思念だけの魂となった状態。そんなゼオの輪郭を補うように、風化したはずの肉体が塵《ちり》から再び凝縮していく。

「フ、ハハ。愚かだ。本当に愚かだな、人類ども……！」

一秒と経《た》たずに完全再生を終えたゼオは、大いに嗤《わら》った。

(そうだ。当然のことだ。俺は人類の闇の合わせ鏡。こいつらが闇を深め強くなったなら、対となる俺が弱いままであるはずがない)

死を迎えかけた瞬間、得体の知れない巨大な魔力がゼオの身に流れ込んでくるのを感じた。

それをもってゼオは確信した。世界に満ちる膨大な闇が、魔王たる自分に莫大《ばくだい》な力を与えているのだと。

勝利宣言。ゼオは目を赤く輝かせて叫ぶ。

「よくも今まで散々好き勝手この俺を馬鹿にしてくれおったなぁ！　今からお前ら全員ぶちのめして土下座させて百倍返ししてやるからな！　泣いても絶対許さんぞ！」

ゼオは手始めに、目の前のリュテルノに殴りかかった。

新生魔王として覚醒を遂げた今の自分ならば、この時代の人間とも互角以上に戦えると踏んだが、

「誰が泣くですって？」

ゼオの拳は指一本で止められた。それどころか、指で触れられただけで拳が砕けた。

「ぐあぁっ！」

「ろくな魔力もないくせに再生能力だけはやたら高いみたいだけど――そんな程度で私に勝てるわけがないでしょ？」

嗜虐的《しぎゃくてき》に笑ったリュテルノは、ゼオの腕を絡めとって地面に押し倒す。

「痛でで！」

「消し飛ばしてもすぐ再生するなら、こうやって拘束技で痛めつけてやるのが定石よね？　この後はどうしようかしら？　溶鉱炉に沈めるか、宇宙空間に追放でもしてあげましょう

か？」

「ちょ、ちょっと待て！　タイム！　こんなはずじゃ……」

おかしい。復活の瞬間に流入してきた無限とも思える魔力は、今やすっかりゼオの身から抜け落ちてしまっていた。あれはいったいなんだったのか。世界に満ちる闇が、ゼオを真の魔王として覚醒させてくれたのではなかったのか。

ゼオは必死にもがくが、背中に乗ったリュテルノはまるで巨像のようにびくともしない。あるいは『強化』を用いた体術の方が彼女の本領なのかもしれない。

このままだとまずい。

「す、すまんがちょっと俺を助けてくれ……」

あっけなくプライドを捨てたゼオは、近くに佇《たたず》むベルカにヘルプを求める。

しかし彼女は、

「まさかあの状況から自力で復活して、しかも怯《ひる》まず宣戦布告までするとはね……。大したものよ。やはりわたしの目に狂いはなかったわ」

なぜか非常に満足そうな表情でしきりに頷いていた。よほど感慨に耽《ふけ》っているのか、ゼオの今現在の窮状が目に入っていない。

ちなみに他の二人にいたっては、

「ヒャハハ！　あんまり雑魚をイジめてやるなよぉ!?」

「……」

論外だった。

「さあ……どう料理してあげようかしら？　死なないごときで調子に乗ったことをたっぷり後悔させてあげる……」

ゼオの全身から滝のように汗が流れる。

それからしばらく地獄を見たゼオは、半ば負け惜しみのようにこう誓った。

――覚えておけ人類ども。何年かかろうと、どんな手段を使おうと、魔王としていつか必ずお前らを滅ぼしてやる、と。

「みんなの殺意《きぼう》を果たすため、正義の天使《エンジエル》ここに見参！　可愛《かわい》く素敵にハッピーに、魔王の心臓抉《えぐ》り取《と》る♡　絶対無敵の最強美少女！　その名も〜？　エクスキューション☆ベルカちゃん！　きゃはっ！」

自分はいったい、何を見せられているのだろうか。

砂風の吹き抜ける夕暮れの荒野で、ゼオはただ感情の失《う》せた顔をしていた。

目の前ではベルカが意味不明な口上を述べ、七色に煌《きら》めく光を全身から発しながら、趣旨のよく分からないピンク色の派手な衣装に変身している。

変身を終えた彼女はいきなり真顔となり、重々しく言った。

「来《きた》るべき魔王復活の十年後、わたしが戦えない理由が——これよ」

＊

話は数時間前に遡る。

七傑のリュテルノからひどい拷問を浴びたゼオだったが、ベルカの仲裁もあってなんとか宇宙追放までは免れた。

そうしてＲＥＸデザルタ支部から解放されたとき、ゼオはもう自殺しようとは思わなくなっていた。

人類への報復を固く誓ったことも一因だが、そもそも物理的に無理だと分かったのだ。

原理はよく分からないが、全身を消し飛ばされても瞬時に超回復する特性が今の自分には備わっている。リュテルノの拷問の最中にも何度か致命傷を負わされたが、それもすべて簡単に治癒した。

ならば目指すところは一つだった。

人類殲滅《せんめつ》。

「俺は……俺はしばらく修行の旅に出る。どれだけ時間がかかろうと絶対に……絶対に奴《やつ》らを見返してやる」

原理は知らないが、死なない身体ならいつか逆襲できる可能性はある。

そう言ってベルカと別れようとしたのだが、手を引いて止められた。

「なぁに言ってんの。あんたみたいな雑魚《ざこ》が一人で修行しても知れてるでしょ。七傑どもの公認は取れなかったけど、わたしが個人的に弟子として稽古付けてあげるから、さっさと一人前の勇者になりなさい」

「余計なお世話だ。俺は他人の手など借りん」

「世話とかじゃなくて、命令で言ってるの。あんたが一人前の勇者になってくれないと、わたしも困るんだから」

ゼオは手を振り払おうとしたが、力の差は歴然でビクともしなかった。

「何が困る。お前みたいな強者が俺のような雑魚に構う理由など何一つないだろう。あの七傑とかいう連中すら一蹴できるような奴が、なぜそこまで俺を買う？」

率直に問うと、ベルカは気まずそうに俯《うつむ》いた。

「……実を言うと、本当は誰でもいいの」

「何？」

「わたしの代わりに勇者として魔王と戦ってくれるなら誰でもよかったの。だけど今まで、わたしが一番強いからって……誰もそんなこと認めてくれなかった。でも、聖剣に選ばれた勇者のあんたなら、もしかしたらって」

「そういうことか」

そこまで言われてゼオは察した。

なるほど目の前のベルカという少女は確かに強い。だが、見たところ十歳かそこらの子供だ。世界最強と囃《はや》し立《た》てられ、得体の知れない魔王という怪物との戦場に送り込まれるのは尋常でない重圧だろう。

それこそ、他者に放り投げたくなるほどの。

やはり人間は愚かで度し難い生き物だ。自らの存亡のためとはいえ、こんな子供に重責を負わせて恥じぬとは。滅びた方がいい。

ならばその報いをくれてやる。

「……いいだろう」

ゼオが答えると、「しゅばっ！」と音でも聞こえそうな速度でベルカが顔を上げた。

「ほ、本当？」

「ただし、後悔することになるぞ。俺を後任に選んだことで、未来のお前は世界中から誹《そし》りを受けることになるやもしれん。いいや、必ずそうなる」

ゼオはこれから強くなって、いつか人類を滅ぼすつもりだ。

そのとき、ベルカは『魔王を自ら育てた大罪人』の汚名を着せられることになるだろう。

「いいえ。絶対に後悔なんてしない。わたしが必ず、あなたを立派な勇者にしてみせる」

誓いを立てるようにベルカが拳を突き出してきた。

ゼオはじっと拳《それ》を見つめるが、己の拳を突き合わせはしない。

「……忠告はしたぞ」

もしゼオが再び最強に返り咲く日が来たとしたら。そのときは、最初にこの少女を始末してやろう。自分が人類滅亡の引き金を引いたと気付いてしまう前に。

「じゃ！　さっそく今から軽く稽古付けてあげる！　わたしが戦えない理由も一度ちゃんと見せておきたいし」

「お、おう？」

稽古はもちろん歓迎だったが、戦えない理由を見せるとはどういうことだろうか？

戦うのが怖いとか、そういう理由では？　そんな理由に物証などあるのだろうか。

「ついてきて！　街の外の荒野なら遠慮なく実戦訓練できるから！」

「あ、ああ」

疑問に思っているうちにベルカが走り出し、慌ててゼオはその後を追った。

そして今現在に至る。

前線都市デザルタの周辺は対魔王戦緩衝地帯となっており、地平線の先まで砂と岩の荒野が続いている。

そんな殺風景な荒野を背景に、まるで死地にでも赴《おもむ》くような顔で佇《たたず》むベルカ。

身に纏《まと》っているのは、さきほど変身を遂げた謎の衣装である。

千年前、貴族の令嬢なんかが着ていたドレスに近いデザインとも思えるが、それらと比べてまったく気品を感じない。カラーリングは目が覚めるようなピンク色だし、リボン飾りやハートマークはファンシー趣味が強すぎる。

*

「正直に答えて。あんた、この格好をどう思う？」

「どう、って」

「ちなみに今、わたしは一一歳。十年後に魔王と戦うとすれば、そのとき二一歳になる計算よ。それを踏まえて、この格好をどう思う？」

魔王としての正直な感想は『こんな格好の奴に殺されたくない』の一言に尽きた。せめて戦士っぽい装いをしてほしい。

そんな本音を言い淀《いよど》むゼオの前で、ベルカはなおも言葉を続ける。何かを堪《こら》えるように頬《ほお》をピクピクとさせながら。

「さらに絶望的な情報を付け加えると、さっきの変身口上は省略できないわ。最後の『きゃはっ！』と同時にウインクすることまで必須。星が飛び散るキラキラ笑顔も忘れないこと。これを二一歳でやるの。二一歳で」

「……はあ。それで」

「それで、ですって……？」

わなわなと震えた挙句、ベルカは怒号を上げた。

「キツいでしょ！　なんなら今の時点でもうアウト寸前よ！　こんなノリが許されるの年齢一桁までだから！」

想像以上にしようもない理由だった。

というか、ゼオにはキツいという感覚がいまいちよく分からない。似合わないとかそういうことだろうか。そんなものは流行やら地域性でいくらでも変わる人間特有の矮小《わいしよう》な理由なのだから、魔王的には些事《さじ》中の些事でしかない。

「わたしって天才だから、それこそ年齢一桁のときに自分の魔術スタイルを完全確立しちやったのよ。おかげでこんな子供っぽいノリの術で確定しちゃって……。いくら魔王を倒すためとはいえ、全世界にこんな赤っ恥な姿を晒すのは絶対に御免よ」

「その……魔王と戦うのが怖い、とかじゃないのか？」

「なにそれ。むしろ格好さえこんなのじゃなければ、魔王とはぜひ戦ってみたいくらいよ。全力で対等に戦える相手なんて今までいなかったし」

実際の魔王《ゼオ》も、残念ながら対等に戦えるような相手ではない。

しかも今のベルカが放つ魔力といったら、先の七傑すら比較にならないレベルである。なんなら不死身のゼオすら力押しで完全消滅させられるのではないかと思えるほどだ。

そのパワーアップ倍率のデタラメ具合といったら。魔術における魔力エネルギーの保存則を大幅に逸脱していた。

この見た目ではまったくその凄《すさ》まじさが伝わらないが。

「想像してみて。もしこの格好でわたしが魔王を撃破したら、黒歴史が人類史に刻まれちゃうわけ。ことあるごとに記録映像が流されて、教科書にも偉人として載る、銅像だって建つでしょう——キッツい格好した世にも恥ずかしい二一歳の姿で！　なんで魔王倒しといて罰ゲームみたいな仕打ち受けなきゃいけないのよ！」

どうやらベルカは、戦えば魔王に勝つ自信はあるらしい。既に勝ってしまった後の惨状

を想像している。

ついついゼオは素朴な質問を放つ。

「上から別の服を羽織るとかできないのか？」

「わたしの力に耐えきれず燃え尽きるわ」

「……いやしかし、さすがに魔王を倒した英傑を嘲笑《あざわら》う奴はいないだろう。そこまで恥じる必要があるか？」

「分かってないわね。倒してからしばらくはわたしへの敬意が勝るでしょうけど、百年も経《た》てば偉人だろうが英傑だろうがあっさりオモチャよ。後世のガキどもがわたしのことを『エクスキューション☆ベルカちゃん（21）』ってネタにする未来が見えるわ」

そして！　とベルカが急にボルテージを上げた。

「最近、恐ろしい調査結果が出たの。魔王の復活時期はもしかすると数年から十年程度のズレが出るかもしれないって。もし十年も後ろ倒しになってみなさい。『エクスキューション☆ベルカちゃん（31）』の爆誕よ。恥辱の極みといっていいわ」

「その……俺にはピンと来ないが、十とか二十とか三十でそんなに違うものなのか？」

「違うに決まってんでしょ！　この格好はもう今現在が限界ギリギリよ！　来年には絶対無理！　あ～、魔王もどうせ復活するなら今この瞬間にでも現れてくれればいいのに」

今この瞬間、ベルカの目の前にいるのは紛れもない魔王ゼルフェリオだったが、

「ええと……実は俺が魔王ゼルフェリオだって言ったらどうする？」

「そんな気休めにもならない嘘《うそ》ついてどうすんの」

案の定、撃沈した。魔王を自称するには、今のゼオはあまりに弱すぎるようだ。

「というわけで、これがわたしの戦いたくない理由。もしも十年後に魔王が復活しても、断固としてわたしは戦わない。キツいから」

「結果として世界が滅ぶとしても……か？」

「私が醜態を晒さないと存続できない人類なんて潔く滅べばいいのよ」

なんかこいつの方が魔王みたいなこと言い始めた。

「というわけで！　人類を存続させたいならあんたが後任としてしっかり頑張りなさい！」

「……なんか、いろいろどうでもよくなってきた」

ゼオはげんなりしてその場に倒れ込んだ。シリアスな理由を考えていたのが馬鹿らしい。

つくづく人間という生き物は、とことん身勝手で意味不明な生き物だ。

下らない遠慮なんかせず、ゼオも好き勝手に利用させてもらおう。

「ちょ、ちょっと。どうしたの？　いきなり倒れ込んで」

「あまりにもつまらん理由だったから拍子抜けしただけだ」

自嘲的に笑いながらゼオは言うが、ベルカはなぜか息を詰めたような表情となった。

「そう……やっぱりそうよね。ちょっと期待しちゃったけど、結局あんたもわたしの気持ちなんて理解してくれないわよね……」

「ああ。まったくもって理解できん」

「そう。じゃあ、これでお別れね」

「？　何を言っている？」

眉を顰《ひそ》めながらゼオは身を起こした。確かにベルカの抱える事情は想像を絶するほど下らないものだったが、だからこそ遠慮なく利用できる。人類最強から戦闘のいろはを教わらない手はない。

「理解はできんが、付き合わんとは言っていない」

「えっ」

「俺にとっては下らんが、お前にとっては大事なんだろう。生半可な決意のまま戦いに挑んで、十全の力を発揮できるか？　無理に決まっている。そんなしょうもないことでうだうだ悩んでいる時点で、お前はもう最強と呼ぶに値しない。その点、俺にはもはや微塵《みじん》の迷いもない。なあに、すべて俺に任せておけ」

膝に手をついて立ち上がり、なるべく堂々と胸を張る。

遠慮するに値しない相手だと分かり、ゼオは立て板に水の勢いで心にもない台詞《せりふ》を並べた。

ベルカはきょとんと目を丸くしていた。

「いいの？　本当に？　本気で？」

「もちろんだ。俺は勇者だからな。わはは」

「こんなゴミみたいな理由なのに？」

「自覚はあるのか……いやまあ、何がゴミで何が大事かは、人によっていろいろというものだろう。たぶん」

正直ゼオもゴミみたいな理由だとは思っている。だが、ここでベルカが心変わりして『やっぱりわたしが戦う』などと言い出しては、せっかくのチャンスをふいにしてしまう。

ベルカはまじまじをこちらと眺め、やがてこう呟《つぶや》いた。

「――ほんと、変な奴《やつ》」

そしてけらけらと笑う。

面白がられているのか、馬鹿にされているのか。測りかねるゼオは複雑な表情となる。

笑われている場合ではない。ここは『勇者』として全幅の信頼を勝ち得ねばならないのだ。ベルカを油断させるのはもちろんだが、他の人類にもゼオを勇者として認めさせれば、より詳細な人類の戦力情報が手に入るかもしれない。

あるいは。

人類の研究成果を漁《あさ》れば、ゼオを不死身たらしめている謎の魔力の正体すら摑《つか》めるかもしれない。

もしもあの力を自在に操れるようになったら、人類に対する勝機も見えてくる。

(今はとにかく機嫌をとっておくべきだな……)

人間との会話経験なんてそう多くないから細かい機微などは分からないが、とにかく相手の言うことを全肯定しておけば間違いないと思う。ベルカの言い分に対し、十二分に共感の姿勢を見せておこう。

「つまらん理由ではあるが……そうだな。冷静に考えてみれば、お前の言うことにも一理ある」

「そ、そう?」

「ああ。キツすぎる」

心なしか、ベルカの頰が引《ひ》き攣《つ》ったように見えた。

「俺が思うに、お前は二度と変身すべきじゃない。さっきお前は『今が限界ギリギリ』と言ったが、おそらく既に限界を超えている。十年後なんて論外だ。直視できたものじゃないくらいキツくなるだろう。今すぐ現役を退くべきっ」

ゼオの顔面が鷲掴《わしづか》みにされた。

「ぐっ、ぐおぉっ！　頭が、頭が割れるっ！」

「ありがとう。そう言ってもらえて気分が楽になったわ」

「だったらなぜ俺の頭を潰そうとする！　やめろっ！　本当にヤバい！　頭蓋骨がメキメキ鳴ってるっ！」

「わたしの姿が見苦しいんでしょ？　目隠ししてあげてるだけよ」

「すまん！　俺の見間違いだった！　今はまだ大丈夫！　限界どころかまだしばらく問題ないと思う！　なんならイケてる！　目隠ししなくていい！」

ぱっ、と解放される。

転げ回ったゼオは息も絶え絶えで『なぜ意見を合わせてやったのに殺されかけねばならんのだ』と理不尽に震える。

「……ったく、優しいんだかムカつくんだか」

転げ回るゼオを見下し、ふんと鼻を鳴らすベルカ。

まったく分からない。そっちの言っていることをただ肯定してやっただけなのに。さては情緒不安定かこいつ。

「でも、いいわ。とりあえず信じてあげる」

そこでベルカが頷《うなず》く。

「何をだ？」

「あんたが本物の勇者だってこと。ここまでおかしな奴は他にいないでしょうし、変わり種なことは間違いなさそうだから。期待してみる価値はありそう」

「も、もちろんだ。聖剣に選ばれた俺が勇者でないわけがあるまい。はは」

慌てて起き上がり、勇者らしく威勢を張るゼオ。人類絶滅という未来のため、今後も設定は遵守していかねば。

ベルカがぱちんと手を叩《たた》き合《あ》わせる。

「じゃあ修行を始めましょうか！　どうやってあんたを強くしようか迷ってたけど……たった今決めたわ。人類最強のわたしが編み出した究極の戦闘魔術——変身術のコツをあんたに余すことなく伝授してあげる」

「おお！」

ようやく本題に入ってきた。

正直この魔術にはかなり興味があった。通常の魔術は原則として、用いた魔力量以上の効果を発揮できない。僅かな魔力を用いた自己強化術では、同じく僅かな能力向上しか見込めない。

しかしベルカの変身術は――確かに発動の瞬間こそ膨大な魔力を消費していたが、変身後にはその消費量を補って余りある劇的な魔力増大を見せた。これは一のコストで千の効果を得るようなもので、通常の法則に従えばあり得ない。

いったいどんなペテンであれを実現しているのか。

期待で前のめりになるゼオに対し、

「そうね、じゃあ基礎から。自分が変身したい理想のコスチュームを思い浮かべて」

「…………コスチューム？」

予想外の指示にゼオは思わず鸚鵡《おうむ》返しする。

「コスチュームよ、コスチューム。『戦うときこんな姿に変身できたらかっこいいなあ！』って思ったこと、一度くらいはあるでしょ？　男ならなおさら」

ない。

ただの一度もない。

ゼオは生まれつきの魔王であって、魔王とはすなわち唯一無二の怪物である。魔王以上に恐ろしい存在などこの世に存在し得ないのだから、そこから別のものに変身する必要性など皆無だった。少なくとも千年前は。

「勇者っていったらやっぱりマントは欠かせないわよね？　伝統を重視して聖剣っぽい感じの剣も必須でしょうし、鎧《よろい》は重装より軽装の方がイメージに合うかしら」

「強くなるのに関係あるのか？　それは」

「大ありに決まってるじゃない。さ、早くイメージを固めなさい。古風な勇者像がしっくりこないなら、別に現代風でもいいわよ。軍人風？　それともあえてのスーツ姿？　カッコいいと思う方を選びなさい」

「なんかよく分からんが……変身後の服装を想像すればいいのか？」

「そうよ」

　意味は分からないが、それで強くなれるというなら従うまでだ。ゼオはとりあえず『勇者』の姿として、千年前に自分を倒した青年の面を思い浮かべた。

「全然ダメ」

　そして否定は一秒で来た。

「……何がダメなんだ」

「あんたから『こうなりたい！』って情熱がちっとも伝わってこなかったもの。適当に想像したでしょ？」

「まあ」

「変身を舐《な》めないで。頭の中で一からイメージするのが難しいなら、イラストを描いてデザイン素案を推敲《すいこう》してもいいわよ。むしろその方がディテールが整っていいくらいかも」

「確認しておくが、これは本当に人類最強になるための修行なんだな？　仕立て屋修業の間違いではないんだな？」

当ったり前でしょ、とベルカは言う。

「わたしの術は、めちゃくちゃ身も蓋もない言い方をすると『理想像への変身』だから、そもそも理想像がなきゃ話になんないのよ」

その説明を聞いたゼオは、ベルカの魔術の特性について思案する。

「それは変身する姿の設定が、そのまま強さに影響するということか？」

「そうよ。姿だけじゃなく、どういう能力があるかもね。設定の掘り下げが甘いと大した効果は期待できないわ」

たとえばこんな風に、とベルカが声を上げる。

「召喚っ！　妖精の杖《フエアリイ☆スタツフ》！」

ぽん、と。

派手派手しい光の演出とともに、ベルカの手にオモチャみたいな杖《つえ》が出現した。妖精の羽というモチーフなのか、杖の先端は透き通った翼の意匠で飾られているが、どことなくトンボっぽい造形に見えなくもない。

「これは『妖精さんから授かった光の武器』という設定の得物よ。設定時に武装まで練っておけば、こういう風に呼び出せるわけ。で、この武器のなによりの特徴は変形機構で、現在の基本形態を含めてなんと九つの姿を持つの。近距離から遠距離まで多種多彩よ。武器の変形の際は妖精の力に共鳴して、わたしのコスチュームもスタイルチェンジするわ。どれも十年後キツい姿であることに変わりはないんだけど」

「お、おう」

やたらと饒舌《じょうぜつ》になってきたベルカにゼオは当惑しつつ頷く。

ベルカは得意げに腕組みをして、

「究極形態である九つ目の変形は、まだ誰にも披露したことがないわ。これは一度使ってしまえば妖精の杖を自壊させてしまう禁忌の技で、本当に最後の切り札というべきものよ。この設定を考えていた年齢一桁当時のわたしは、きっとこの九つ目の変形で魔王を討とうと考えていたんでしょうね……」

「どんな技なんだ？」

尋ねられたベルカは、妙にもったいぶった仕草で首を振る。

「残念だけど、それは妖精との盟約に基づき言えない――っていう設定があるの。もしもこの盟約を破ったらわたしは重大なペナルティを被ることになるわ」

ほう、とゼオは内心でいい情報を得たと思う。

たとえば大幅に弱体化するようなペナルティなら、わざとその盟約とやらを違《たが》えさせるよう誘導する手もある。

「設定における妖精は悪戯《いたずら》好きで、嫌がらせするときには的確かつ容赦ないから……おそらく今のわたしが相手だと、『一生変身が解けないようにする』ペナルティなんかをかけてくる可能性が高いわ。それだけは絶対に避けないと」

ゼオはがくりと頭を落とした。

弱体化どころか、常時変身が解けないならむしろ戦力的には強化とすらいえる。

「この基本形態は鈍器メインの用途であんまり強いとはいえないんだけど、基本形態はそのくらいでちょうどいいバランスだと思うのよね。ほら、あんまりどの形態も強すぎると素人っぽさが出ちゃうし？　盛りすぎ厳禁ってやつ？　七傑もこの基本形態だけでぶっ飛ばしたから弱いわけじゃないんだけど、それはわたしの基礎性能の高さがあってこそで――」

どんどん早口になっていくベルカを見ながら、ゼオは思う。

キツいとか言っておきながら、たぶん本心は結構ノリノリなんだろうな、と。

目の輝きがわりとマジだ。

(しかし、だんだん分かってきたぞ。こいつの反則技のカラクリが)

おそらくベルカの魔術の本質は、変身術というよりも召喚術に近いのだ。空想の世界から『理想の自分』を召喚し、現実の肉体に憑依《ひょうい》させる技と解釈していいだろう。

まさしく現実の軛《くびき》を超越した、やりたい放題の魔術といえる。

だが、誰にでも習得できる技ではない。一般的な常識を持つ人間の場合、どんな理想像を思い浮かべても『所詮は妄想だしな……』と、頭の冷静な部分がブレーキをかける。それは理想像を大きく劣化させ、術の精度を著しく下げる。

この魔術を習得可能なのは、そういう頭のブレーキが効いていない奴《やっ》のみ。

――要するに、妄想と現実の区別がつかない夢見がちなバカにしか扱えない術だ。

ベルカが年齢一桁のころに開発した術と聞くが、天性のセンスと子供特有の幼稚性が奇跡的に嚙《か》み合って生まれた、彼女固有の魔術と考えていい。

客観的にこんな考察をしている時点で、たぶんゼオにも向いてないが――……

「具体的に理想像を固めればいいんだな?」

選《よ》り好《ごの》みしてはいられない。どうせ駄目でもともとなのだ。どんなに見込みが薄かろうと、飛躍的に強くなれる可能性があるなら試してみない手はない。

同時進行で不死身の能力の秘密も探りつつ、できることはすべて手当たり次第に模索していこう。

「ええそうよ。『我こそは人類を救う選ばれし存在なのだ!』って堂々と威張れるくらい身も心も勇者色に染め上げないと。ただ……」

難儀だとばかりにベルカは唇を曲げた。

「どうもあんた、自分が勇者だっていう自覚に乏しい気がするのよね。な～んか、あんたの中の理想像が『勇者』からズレてるような」

「うっ」

ベルカが謎の嗅覚を発揮してきた。自分がそういう趣味だからこそ、ゼオが『勇者になること』に対しまったく乗り気でないことに気付いたのか。

しばし悩んだ様子を見せてから、やがてベルカはこくんと頷く。

「決めたわ。まずは形から入るべきよね。いくら想像力がない奴でも、着実に外堀を埋められていけばいくらか実感も湧いてくるでしょうし……私のフェードアウト戦略的にもその方が……」

「形から？」

「まあわたしに任せておきなさい。抜かりなくセッティングしておくから……そうだ」

そこで思い出したようにベルカが尋ねる。

「いちおう確認ね。あんた、再生能力だけは凄《すご》かったけど、別にあれ使用制限とかないわよね？　いつどんな形で死んでも大丈夫？」

嫌な予感が早くも的中したようで、ゼオは苦虫を噛《か》み潰《つぶ》したような顔になった。

＊

古の伝承において、魔王ゼルフェリオを倒した勇者が世間一般に『勇者』として認知されたのは、聖剣の選定を受けてからといわれる。

当時、民衆の多くに支持されていた教会が生み出した、魔王を滅する究極兵装たる『聖剣』。それが彼を担い手として選んだ時点で、彼は正真正銘の勇者となったのだ。

ゼオはその経緯をよく覚えている。

当時の教会は権威主義を極めた腐敗の温床で、聖剣もマグレで生み出した偶然の産物でしかなかった。そして、たまたま生み出した最強の剣を、自らの正当性主張の道具にしようと企《たくら》んだのだ。

端的にいえば、彼らは身内の教会聖騎士団の誰かに聖剣を握らせようとした。

我ら教会こそが、人類を救うに相応《ふさわ》しいのだと。

だが、聖剣は騎士団の面々に拒絶反応を示し続けた。教会の上層部が業を煮やし続ける中、突如として魔王に比肩する『勇者』なる存在が現れた。

教会は危ぶんだ。

どこの馬の骨とも知れぬ男が聖剣に選ばれては、我らの沽券《こけん》に関わると。

そこで教会は、勇者を陥れようとした。

彼の仲間であった魔術使いの一人に冤罪《えんざい》を被《かぶ》せ、人類に仇名《あだな》す魔王の間諜《スパイ》として糾弾したのだ。仲間を庇えば逆賊の汚名を浴び、力欲しさに仲間を見捨てれば聖剣の選定に背く罪業を背負う。いずれにせよ、勇者を貶《おとし》めるには十分な策だった。

千年前。魔王ゼルフェリオは、処刑台に送られる勇者の仲間を遠方より眺めていた。

これで勇者が聖剣欲しさに仲間を見捨てるようなら、そんな愚物は我が敵ではない。

もしそんな結末を迎えるなら、この場で乱入し、愚かしい教会にも勇者にも魔王の鉄槌《てっつい》を下してくれよう、と。

だが、そうはならなかった。

勇者は己の名声をかなぐり捨て、処刑を妨害せんと刑場に割り入った。『くだらないでっち上げて、彼女を殺させはしない』と。教会はそれを好機とばかりに『逆賊に死を！』と、持てる兵力のすべてで襲い掛かった。

そのとき。

聖剣が勇者の目の前に飛来した。教会本部で保管されていたはずの剣が、自らの意志で。真の担い手に相応《ふさわ》しい人物を見付けたとばかりに。

魔王ゼルフェリオは、笑った。

己に比肩すべき勇者が、目先の力に惑わされる愚物でなかったことに。

聖剣の信頼を勝ち得るほど――忌々しいくらい高潔な男であったことに。

そして飛んだ。

勇者に襲い掛かる教会騎士団の有象無象どもを威圧だけで跪《ひざまず》かせ、聖剣を手にした勇者の前で、こう宣戦布告してみせた。

「――勇者アルズ。やはりお前こそが、我が宿敵というわけだな。いいだろう。貴様が手にしたその玩具《おもちゃ》がどれほどのものか、少しばかり遊んでやるとしよう」

その後、勇者とは互角以上に立ち回ったが、処刑台から解放された魔術使いが不意打ちしてきたせいで劣勢に陥り、結局退散するハメになったのは少しばかり苦い思い出である。

＊
『ＲＥＸ主催【聖剣選定の儀】会場』

そんな過去の話を思い出したのは、この看板を見たからである。

ベルカに連れられてやってきたのは、ＲＥＸ敷地内のだだっ広いグラウンドである。入場ゲートのすぐ横にこの看板が立っており、さらにその隣には長机を並べた仮設の受付ブースがある。

「ほら、さっさと受付で参加登録してゼッケン貰《もら》ってきなさい」

ジャージ姿で準備体操をしているベルカ。

「待て。なんだ……これは？」

「決まってるじゃない。今まで初代勇者以降、誰一人としてクリアしたことのない【聖剣選定の儀】を執り行うのよ」

聖剣選定の儀とは何か。疑問の表情となったゼオに、ベルカはため息をつく。

「そっか。あんた、超ド級の世間知らずだったわね。どこから教えてあげたものか……初代勇者が聖剣に選ばれた経緯とかも知らないでしょ？」

「いや、それは知っているが」

なんならリアルタイムで見ていた。当時の経緯については、今この世界に存在する誰よりも詳しいと思う。

「あら？　ずいぶん偏った知識だけはあるのね」

「教会が勇者の仲間に冤罪をふっかけて、勇者を陥れようとしたという話だろう。勇者は逆賊の汚名も恐れず、仲間を助けようとした。結果としてその行為が聖剣に気に入られ、勇者は正式な担い手となった──と、聞いたことがある」

ゼオがすらすらと語ると、ベルカはきょとんとした顔になった。

少し詳しすぎたか？　とゼオが焦ると、

「なんだ。やっぱりよく分かってないじゃない。だいぶ間違ってるわよその知識。勇者の仲間が冤罪を受けたのは本当だけど──それは教会と一緒に演技をしてたのよ」

「演技？」

そんなのは初耳だ。

あのとき教会の連中は本気で勇者を始末しようとしていた。騎士団連中の殺意は本物だったし、陰から経緯を見守っていた魔王の目からしても、上層部の腐敗っぷりは吐き気を催すものだった。

「そ。仲間と聖剣を天秤《てんびん》にかけて、勇者がどっちを選ぶか試したの。だから教会は聖剣を選んだ勇者を、拍手喝采で送り出したのよ」

「……そういうことになっているのか」

確かにあの後、教会は勇者を公認することとなった。

それは戦闘中のドサクサ紛れに、魔王ゼルフェリオが上層部の連中を軒並み消し飛ばしたからである。おまけに、自慢の教会騎士団は魔王の威圧だけでひれ伏すほどの役立たずという現実が露呈してしまった。

最悪なのは、勇者の名声を貶めるため、わざわざ大衆を集めての公開処刑としていたことである。そこで魔王と勇者の手に汗握る激闘が繰り広げられたため、民衆のほぼ全員が勇者アルズの支持側に回ってしまった。

こうして教会は彼を勇者として認めざるをえなくなったのだ。

（さすがに教会が組織ぐるみで勇者を貶めようとしたと認めるわけにはいかんから、そういうヤラセだったと自己弁護したのか……)

そういえば、あの後からいきなり勇者一行の資金状況がよくなった気がする。特に冤罪の当事者だった魔術使いの女などは、次に会ったとき宝石ジャラジャラの成金みたいな格好をしていた。

たぶん何かしらの裏取引があったのだろう。

思えばあの仲間の女魔術師は、それなりにいい性格をしていた気がする。それこそ冤罪をふっかけられても『あいつならやりかねない』と思われる程度には。

そこまで思い返して、ゼオは話の本題を思い出す。

「で、そんな昔話がいまさらなんだというんだ?」

「鈍いわね。『罪人となるリスクを負ってでも仲間を助けた』という判断を評価して、聖剣は初代勇者を選んだの。つまり聖剣に選ばれるには、単純な強さだけでなく、適切な状況判断力を示す必要があるということよ」

「適切な状況判断って、そこまで大袈裟《おおげさ》なものか? ただ仲間を助けようとしたというだけの話だろう」

ん? とベルカが首を傾《かし》げた。

「何言ってるの。そんな非論理的な理由のわけがないでしょ。一連の勇者の決断は、期待値計算に基づいた行動だというのが主流の学説よ」

「……期待値計算？」

「あの時点で聖剣はまだ『未確定の戦力要素』でしかなかった。一方、仲間は『ある程度確定した戦力』だった。手に入るかも分からない、手に入ったところで実用水準かどうかも分からない武装のために、貴重な既得戦力である仲間を失うのは期待値マイナスよ。だから勇者は聖剣より仲間を優先したの」

「いや……そういうドライな計算じゃなくて、もっと仲間との信頼関係とか……」

「相手は残虐かつ非道な魔王よ？　そんな訳の分からない精神論で挑んで勝ち目があるわけないでしょ。冷静に状況判断できなくてどうするの」

正論は正論なのだが、微妙に納得できなかった。実際のところ、訳の分からない根性で立ち上がってきた勇者に魔王《じぶん》は負けてしまったわけだし。

講釈を垂れるようにベルカがくるくると人差し指を回す。

「要するに今回の【聖剣選定の儀】っていうのは、その歴史的経緯に倣って『適切な状況判断力』が試される場なの。単騎としての強さより、人類を導くリーダーとしての資質が試されるってわけ。あんた個人の強さはそこまで考慮されないから安心しなさい」

「死ぬ可能性あるとか言ってなかったか？」

「どうも状況判断をしくじるとペナルティがあるらしいのよね。そういうプレッシャーのかかった状況下でも冷静に思考を働かせられるか試す側面もあるでしょうけど」

あらゆる行事に暴力が付き纏うよなこの時代、とゼオは辟易《へきえき》する。

「あんたが聖剣に選ばれたけど、上の連中はまだ認めてない。勇者の座はまだ空位のままになってる。そこでわたしが進言してあげたのよ。『新勇者ゼオが気に入らないなら【聖剣選定の儀】を開催して、真正面から篩《ふるい》にかけてみろ』って」

「前置きはいい。俺はこれから具体的に何をさせられるんだ？」

「それはわたしにも分からないわ」

ベルカは首を振る。

「この【聖剣選定の儀】の内容は最高機密になってるの。一度挑戦した者は二度と挑戦できないし、試練の内容を口外することも誓約術で禁じられる。ま、当然よね。状況判断力を問う試練なんだから、どんな状況が用意されるか事前に知っていたら話にならないもの」

「じゃあペナルティの件はなんで知ってるんだお前？」

「前回の開催時、挑んだ奴《やつ》が結構な割合で死んだのよ。そこからの推測もとい噂話《うわさばなし》。あ、もちろん全員ちゃんと後で蘇生《そせい》できたそうだけど」

「そうか」

もうこの時代の常識に慣れてきた。死んでもすぐ復活できるから命の価値は基本軽い。

「やあ、君がゼオ君かな？」

と、そこで、看板の前で立ち話をしていたゼオたちに、明るく話しかけてくる者がいた。

ゼオが振り向くと、にこやかな笑みを湛《たた》える美男子と、無表情のまま眼鏡《めがね》を光らせる長身の男の二人が立っていた。

「ああ、そうだが……誰だお前らは」

「僕は『七傑』の一人、【暴力】のシリウス。互いに勇者を目指す者として、今日は正々堂々と聖剣を争おう」

まず握手を求めてきたのは、にこやかな美男子の方だった。当惑しながらもゼオはとりあえず形だけ手を握り返す。

ベルカは隣で、

「シリウスは七傑のリーダー格よ。わたしが登場するまでは人類最強の勇者候補と言われてたんだけど、まだ未練があったのね」

「いいや、まさか。今日は戦士として最後の踏ん切りを付けにきたのさ。頼もしい後進が聖剣の選定を勝ち得る瞬間を見届ければ、潔く勇者の座も諦められるだろうしね」

「あら。意外と肯定的なのね。じゃああんた、ゼオを勇者として今すぐ公認してくれる？」

「それはまだ何ともいえないかな。保留ということで」

先日会った三人組よりは、かなり話の通じる人物のようである。

少なくともまともなコミュニケーションが取れている。七傑というのはイカレ集団だと思っていたが、さすがにリーダーにはまともな人物を据えているようだ。

と思った矢先、
ずぶり、と。

胸部に違和感が生じたと思ったら、ゼオの心臓にシリウスの手刀がぶっすりと刺さっていた。

「うっぎゃあああっ⁉」

「ああ、すまない。いきなり無礼だったね。でも君は不死身だと聞いてたから、どうしても確かめたくなってしまって。悪い悪い」

笑顔のまま美男子は手刀を引き抜く。瞬時にゼオの身に一瞬だけ謎の魔力が漲《みなぎ》り、肉が盛り上がって胸部の穴をみるみるうちに埋めていく。

「うん、興味深い。実力的にはまだまだのようだけど、再生魔術だけは見たことがない水準だ。なかなか面白いじゃないか」

挨拶がわりに他人様《ひとさま》の心臓を抉《えぐ》っておいて、この爽やか面。

ゼオが憤りを覚えていると、もう一人の眼鏡男が静かに眼鏡を光らせた。

「まったくリーダーは甘い。魔王という規格外の怪物を前に、たかが死ににくいだけの能力がどれほど役立ちましょうか」

「……お前は？」

正直うんざりしてきたが、とりあえず尋ねる。

「私は七傑が一人、【暴力】のナッシュ。シリウスがリーダー兼指揮官なら、さしずめ私は参謀といったところでしょうか。状況判断力にはいささか自信がありますので、此度《こたび》の【聖剣選定の儀】に七傑を代表して挑ませていただきます」

「はは。僕は記念参加みたいなものなんだけど、ナッシュは『我らの沽券《こけん》を示そう』って張り切っちゃってるんだよ」

眼鏡男の背中をシリウスがぽんと叩《たた》く。

「じゃあ行こうか。願わくは、この中から未来の勇者が選ばれることを祈ってるよ」

すたすたと去っていく七傑の二人。会ってみてまず感じたのは『尻の拭き方を覚えてなかった奴、やっぱりあいつだけ方向性違うよな』ということである。

そこでベルカが、気を引き締めさせるようにゼオの肩を叩いた。

「競争相手は猛者揃《もさぞろ》いだけど、気張りなさい。ここで勝ち残った自負があれば、あんたも少しは勇者の自覚が芽生えるかもしれないわ」

「負けたら？」

「どうせ今のままじゃREXはあんたを認めないでしょうし、失うものなんて何もないじゃない。駄目元よ駄目元」

ベルカには悪いが、まったく気乗りしなかった。

もともとゼオは『勇者』になるつもりなど毛頭ないのである。ベルカの変身術を修めるにしても、変身を目指すのは『最強の魔王』という理想像だ。勇者としての自覚を得るという無意味な目的のために、こんな面倒臭いイベントに参加する意義を感じない。

「悪いが俺はパスだ。少し調べ事をしたいから図書館でも行ってくる」

「はあ？」

踵《きびす》を返そうとしたゼオだったが、背後に獰猛《どうもう》な気配を感じて本能的に固まる。

「誰のためにわたしがこの場をセッティングしたと思ってるのよ。拒否権とかないから。っていうか師匠のわたしの好意を無視してまで何を調べようっての」

「魔王の力について、ちょっと」

現状におけるゼオの数少ない強みの一つ——謎の不死性。

魔王の力に関して研究した書物を探れば、その秘密について何かヒントが得られるかも

しれない。少なくとも無意味なイベントに参加するよりその方が有意義と思ったが、

「そういうことなら図書館なんかよりREXのデータベースに当たるべきね。魔王関連の研究詳細はあまりにショッキングすぎるから、一般層に対しては情報制限かけられることが多いし」

「じゃあそっちに……」

「言ったでしょ。一般層に対しては情報制限って。あんたも当然見られないわよ」

きりきりと首だけでゼオはベルカを振り返る。

「俺の代わりに調べてくれたり……とか」

「伝聞であれ何であれ、取得権限のない情報を不正入手した人間には、情報保全班による記憶消去措置が施されるわ。ある日いきなり街中で拉致されて頭の中を真っ白にされないといいわね」

ゼオは先般のカウンセリングを思い出して青ざめた。

「つまり……」

「そ。魔王の力について詳しく調べたいなら、ここで【聖剣選定の儀】を突破してREXに認められる必要があるってわけ。正規の入隊試験は今のあんたの実力じゃ通らないでしょうし」

要するにベルカの機嫌取りのためだけでなく、不死の秘密を探るためにもこの茶番は強制参加ということだ。しかも、他の連中を押しのけて優勝しなければならないと。

たとえ力勝負でないとはいえ、ほとんど絶望的だった。

なにしろゼオは魔王なのだ。勇者としての状況判断力を問う試験などに適性があるわけない。

「ほら、分かったらさっさと受付済ませて」

「……ああ」

が、とりあえず受けてみないことには始まらない。敵として勇者を眺めてきたのだから、少しはその思考をトレースできるかもしれない。僅《わず》かでも勝機があるなら試さねば。

長机の受付ブースに向かうと、参加の誓約書を手渡された。
・儀式の内容を決して外部に漏らさないこと
・儀式中に何があっても一切の責任を問わないこと
投げやりな気分でサインをすると、誓約書が淡い魔力光を発した。なるほど、これがベルカの言っていた誓約術というやつだろう。おそらく今後ゼオが儀式内容をどこかで漏洩《ろうえい》しようとすれば、勝手に口が閉じられ何も喋れなくなる。そういった類《たぐい》の強制力を感じる。

ベルカのような強者なら反故《ほご》にできるだろうが、その場合は誓約書の方が引き裂かれる。

つまり、誰が誓約を破ったかREX側で把握できる。

（なかなか厳重だ。ここまで秘密にする儀式とは、いったいどんな……？）

もらったゼッケン（44番）をシャツに留《と》め、グラウンドのゲートをくぐる。ほとんどの者はREXの隊服や戦闘服に身を包んでいる。

誰一人としてゼオより弱い者などいない。

（まあ、俺なんかではどうせ勝てんだろうが）

そのとき。

突如としてグラウンドが夜のように暗くなった。

いいや、暗くなっただけではない。もはやそこはグラウンドではなかった。四方と天地を漆黒の壁に覆われた空間。足元に踏んでいた土の感触も今やなく、ただ硬質で平らな石板を踏んでいるような感触だ。

「これは……亜空間の類か？」

現実空間に重ねて別の空間を展開する高等魔術。魔王ゼルフェリオはこの術を、手持ちの革袋の容量拡大に使っていた――もとい、革袋の容量を増やす程度の空間しか展開できなかった。

グラウンド一面分の亜空間創造など、ほとんど神業の域だ。

しかし周りの参加者たちはごく平然と立っている。こんなもの見慣れていると言わんばかりに。

『汝《なんじ》ら。問いに答えよ』

だが、そんな中に緊張が走った。突如として、しわがれた老人の声が空間に響き渡ったのだ。

『これより問うは、古文書に記されし難題。諸君が勇者と同じ答えを導き出すなら、正しい資質の持ち主と認めよう。答えを過《あやま》てば、その身を焼き焦がすこととなろう……』

一同がざわめきだす。

やはりこういう試練か、とゼオは納得する。

おそらく、戦場における戦力の振り分けやダメージコントロール。撤退の判断。人類を導く司令官としての側面を試すべく、そういった専門的要素が複雑に絡んだ問いが出されるのだろう。

前回の【聖剣選定の儀】では一人残らず失格となったというから、難易度は想像もつかないほどだが——

『魔王が人質を盾としたので、やむなく人質ごと斬り殺した。勇者として○か×か』

ゼオは真顔で沈黙した。

なんだその悩むまでもない質問は。

会場の面々も似たような反応で、中には失笑を漏らしている者すらいた。

「なんだ。こんなのサービス問題じゃないか」

「オレたちを馬鹿にしすぎじゃないか？」

「やはり序盤は様子見といったところなのだな……」

だよな、とゼオは思う。こんなものわざわざ問題にするなんてどうかしている。

『さあ、答えが決まった者は『〇』か『×』の上に移動しろ』

亜空間の床面に巨大な『〇』と『×』の印が浮かび上がった。どちらの上に立つかで自らの解答を示すルールらしい。厳正な試験のはずなのに、解答方式がずいぶん緩い気がする。

（こんなもの『×』一択だ）

人質も救ってこそ勇者だ。ただ、設問に物言いを付けるとすれば、魔王はそもそも人質なんて取らない。魔王としての流儀に反するからだ。

何の迷いもなくゼオは『×』の床を踏む。

それにしても、他の連中は動くのが遅い。まだ『×』の床を踏んでいるのがゼオしかいない。あまりに簡単すぎるので警戒して深読みしているのだろうか？

「ん……？」

そう思っていたが、違った。

他の参加者たちはまだ動いていないのではなかった。もうとっくに——『○』の床の上に移動を完了していたのだ。

全員揃《そろ》って。

ゼオ以外、一人残らず。

「ちょっとあんた！　やる気ないからってわざと間違えようってつもり⁉　本当にそんなので勇者になるつもりあるわけ⁉」

そいつらの中から、ベルカがこちらを指差して怒鳴ってくる。

「いや……どう考えても正解こっちだろ……？」

「はあ？　魔王を殺せるチャンスなのよ？　一緒に斬り殺して、後で人質には蘇生《そせい》魔術で復活してもらえばいいじゃない」

「ああ、そのとおりだよゼオ君。それにもし何らかの理由で人質が蘇生魔術を使えない状況だとしても、僕らの選択は変わらない。魔王を殺せば全人類が救われるんだ。一人と全人類、どちらを選ぶべきかは問うまでもないだろう」

七傑の美男子、シリウスもベルカに同調してきた。

さらに眼鏡《めがね》の七傑、ナッシュも陰湿に嗤《わら》ってくる。

「これはこれは。まさか聖剣に選ばれたと評判の御方《おかた》が、かくも簡単《イージイ》な問題すら解けないとは。実にガッカリです。自力で答えが分からずとも、せめて私たちを真似《まね》て『○』の床を踏むほどの賢明さがあれば――」

その瞬間。

『○』の床がいきなりパカッと開いて、その下に煮えたぎるマグマの海を覗《のぞ》かせた。ゼオ以外の参加者全員は、正解を確信しきった余裕面のまま、どぼどぼと音を立ててマグマの中に沈んでいった。

即座にマグマ空間の床蓋は閉じられ、真っ暗な会場にゼオ一人が立ち尽くすのみとなる。

『正解は……『×』だ。唯一の正解者よ、汝の選択を讃《たた》えよう』

「ちょっと待ってくれ」

ゼオは頭を抱えて蹲《うずくま》る。いろいろ脳の処理が追いつかない。

まさかの一問目でゼオ以外が全員くたばった。しかもあんな下らない問題で。

「……えっと。これ、俺の優勝になるのか？」

『今のは足切りの予選に過ぎぬ。ここを生き残った者で改めて【選定の儀】本選を執り行う』

「ここから俺一人で本選やるの？」

そうゼオが尋ねたとき、亜空間全体にびしりと亀裂が入った。

『む……？　これは』

「いやあ、驚いたよ。まさか引っ掛け問題だったとはね。僕としたことが」

ガラスの砕けるような大音とともに、亜空間が弾けて元のグラウンドの風景に戻った。

「いいえリーダー。むしろこれは、もとより亜空間からの脱出能力を測るための試験だったと考えてよいでしょう。あまりに解答が不条理すぎます」

元のグラウンドで不敵に笑っていたのは、七傑のシリウスとナッシュだ。その身から立ち上る膨大な魔力から察するに、自力で亜空間を破壊したらしい。

こいつらが無事ということは。

「大したものよ」

案の定、ベルカが背後からゼオの背をぽんと叩《たた》いてきた。

「まさか一人だけ正解なんてね。やっぱりあんたを選んだ私の目に狂いはなかったわ」

「お前さっき俺の解答に対してブチ切れてたよな？　忘れてないからな？」

グラウンドの地面に視線を落とせば、脱落した他の参加者たちが全裸で転がっている。一度死んで復活したのだろう。身体的にはどいつもこいつも元気そうなので、寝転がっているのはたぶん失格のショックだ。

「成程。超重力・超高温の処刑空間に落とされて無傷のまま生還した者が三人。此度《こたび》の【選定の儀】の参加者は、なかなかに粒揃《ぞろ》いと見える」

さきほどまで亜空間に響いていた老人の声が、今度は肉声として聞こえた。

声に振り返れば、グラウンドに踏み入ってくる白髪白眉の老人の姿があった。ねじれた長い杖《つえ》をつき、地に裾を引きずるような丈長の礼服を纏《まと》っている。

「あなたは……キル爺《じい》！」

謎の老人を前にして、シリウスが地に膝をついて敬意を示した。

もちろんゼオは知らないのでベルカに尋ねる。

「誰。あの爺さん」

「あれはREX名誉顧問で、当代随一の人格者とされる御仁よ。どうすれば魔王を殺せるか毎日真摯に悩み続けた結果、自分の名前すら忘れてしまったの」

「どういうこと？」

何を言っているのか本当に意味が分からない。

「彼にとって『魔王を殺す』以外のことは何の価値もないことだったの——自分の名前すらね。徹底的に私欲を排して魔王討伐だけを望み続けた彼の生涯は『生ける道徳』とも評され、今は失った名の代わりに殺戮爺《キル》と呼ばれ広く親しまれているわ」

「悪い。途中からなんか耳に入ってこなかった」

ろくでもない人類情報が飽和してきた。

「ゼオ君。つまりキル爺は僕ら戦士の精神的支柱ともいえる存在なんだ」

シリウスの補足にゼオは「へえそうなの」とだけ返す。

ただのクレイジーな人格破綻者だろ、とは口が裂けても言えなかった。

瞳孔まで見開ききった両眼をギョロつかせながら、キル爺はゼオたち四人を睥睨《へいげい》した。

「儂《わし》は前回の……百年前の【選定の儀】で、唯一予選を通過した先達だ。だからこそ汝らに忠告しておこう。本当の地獄はここからだ——と」

「はい、質問」

そこでゼオは手を挙げた。

「なんだ。ゼッケン番号44」

「なんか普通にこいつらも本選参加する雰囲気なんですけど、いいんですか。不正解だったのに」

「生き残った者に本選参加資格が与えられる。何ら問題はない……百年前の儂もそうだった。あのときは腹に高性能爆薬を巻くシンプルな方式だったが……」

キル爺はブツブツと早口で過去語りを始めた。完全に常軌を逸した人にしか見えなかった。

と、そこで七傑の嫌味《いやみ》眼鏡ことナッシュが話しかけてきた。

「ここからが本当の地獄、だそうですよゼオ殿。悪いことは言いません。今からでも棄権して逃げ帰ったらどうですか？　なんせ残った四人の中で、あなただけがどう見ても場違いですからねぇ……」

「よくこの流れでマウント取れるなお前……」

実質予選落ちのくせに。

「いえいえ、ただの親切心ですよ。あなたは再生能力だけは多少優れているようですが、さきほどのような処刑空間に閉じ込められれば脱出不可能でしょう。それでジ・エンドです。ここから試練がさらに苛烈さを増すなら、あなたはほぼ間違いなく悲惨な結末を迎えるものかと」

ゼオがナッシュの話を適当に聞き流していると、なにやらREXのスタッフが慌ただしく動き始めた。グラウンドの中に机と椅子を四組運び込んでいる。

その中の一人がメガホンでアナウンスした。

「えー。本選出場者のみなさま。本選の内容はペーパーテストとなっておりまーす。参加者中一位となり、かつ九〇点以上の得点を獲得した場合、晴れて【選定の勇者】として公認されることとなりまーす」

机の上に鉛筆と消しゴム、問題用紙とマークシートが並べられる。

キル爺はその光景に背を向け、「おお……おお……」と微《かす》かに震えていた。まるで過去のトラウマを思い返しているかのように。

そして眼鏡のナッシュもまた、キル爺と同じように、プルプルと小刻みに震えはじめた。

＊

1位、ゼッケン番号44（ゼオ）　100／100
2位、ゼッケン番号43（ベルカ）　001／100
3位、ゼッケン番号01（シリウス）　000／100

3位、ゼッケン番号02（ナッシュ）000／100

白い灰のように燃え尽きたナッシュ。やれやれと首を振るシリウス。天に拳を突き上げて喜んでいるベルカ。

そんな中、優勝したゼオがもっとも深刻な表情で汗をダラダラ流していた。

なんだこれは。

八百長でもここまで酷《ひど》い結果にはならない。出された問題は『人間に化けて人里に潜入した魔王を始末するため、住民を皆殺しにしてよい。○か×か』『勇者に求められるのは圧倒的な力のみであり、他の要素は問われない。○か×か』など、間違える方が難しいような最低限の倫理観を問うものばかりだった。

そんなものが難問扱いされる世の中。

優勝の喜びより恐怖心の方がよほど勝るというものだ。

「ゼッケン番号44……いいや、勇者ゼオ。見事だ。未《いま》だかつて【聖剣選定の儀】でここまで素晴らしい結果を残した者はいない」

結果発表のボードの前で立ち尽くすゼオの背後に、幽鬼のように気配もなくキル爺が歩み寄ってきた。生暖かい鼻息が耳に届く距離。思わず全身に鳥肌が立つ。

「叶うならば、どうか教示して欲しい。【選定の儀】で出された問題と解答はすべて、由緒ある古文書に記されていたものだ。だが、偉大な先人たちが研究を続けているにも拘らず、なぜああも非合理的な答えが相次ぐのか、未だ誰も解明できていないのだ」

キル爺は目を見開いたまま瞬き一つしない。ありていにいって異常者の眼だった。首筋の血管は常になんかピクピクと震えており、なにかの拍子にこちらに飛び掛かってきそうな得体の知れないヤバさが充溢《じゅういつ》している。

ゼオは一歩引きつつ、

「えっと、そもそもの疑問として、その古文書って誰が書いたんすか？」

「七百年ほど前、聖剣を管理していた一族が『これを解けぬ者に勇者の資格なし』として記したものだ」

わざわざこんなものを記したあたり、七百年前から人心の荒廃は始まっていたようだ。

「長らく見向きもされていなかったが、三百年ほど前に研究者が聖剣にこの文書を近づけたところ、発光反応を示して『重視するように』との意を表明したという。以降、人類はこの文書を勇者選定における最重要指針と位置付けている」

つまりその時代にはもうこれが難問扱いされるほど手遅れな状況になってしまったと。

「……だが、斯様《かよう》に非合理な指針を抱いていては、勝てる戦も勝てぬというもの。初代勇

44
43

者様はなぜ……なぜこのようなハンデともいえる理念を抱えて、絶大なる力を持つ魔王に勝てたのだ……？」

勇者というか人として真っ当な心得をとうとう『ハンデ』呼ばわりである。

腐れ外道どもめ。分からないというなら教えてやろう。それは――

「なんでだ……？」

よく考えたらゼオも分からなかった。

そうなのだ。勇者は確かに強かったし仲間どもも厄介だったが、それでも魔王ゼルフェリオとの戦力差は圧倒的だった。こちらの魔力量は勇者の数倍、近接戦闘の腕も互角以上、そして何より魔術という分野においては天と地ほどの実力差があった。

この時代の連中のように、卑劣な手を使ってきたわけでもない。最初から最後まで正々堂々の実力勝負で、なぜか最後に絶対強者たる魔王ゼルフェリオは負けてしまった。

ぶっちゃけ未だに納得できていない。

「分からぬ、だと……？　では汝《なんじ》は、明確な根拠も持たぬまま適当に答えていたというのか？　許せぬ。万死に値する。この【聖剣選定の儀】への冒瀆《ぼうとく》である――」

キル爺がぷるぷると震える手をゼオの喉笛に伸ばしてきた。枯れ果てた老人の指先ではあったが、なぜか『触れられればまずい』と感じさせる異様な迫力があった。

「ま、待てっ！　適当とかそういうんじゃなくてだな……」

「では何だと言うのだ」

そこでゼオは、かつての仇敵《きゆうてき》の戦いぶりを思い出した。

「魔王を倒すというのは……そう、たぶん、理屈とかそういうのじゃないんだ」

「む？」

「……ああ、そうだ。そうだった。そもそも勇者が合理性だけを重視するなら、脆弱《ぜいじやく》な人類など見限って魔王に寝返ってしまえばよかったんだ。自分より弱い連中を救おうという出発点の時点からして、そもそも勇者というのは馬鹿げたほどに非合理な存在だ」

あいつはいつも、魔王ゼルフェリオの想定を超えてきた。

『もう立てぬだろう』とこちらが確信した状況でもなお立ち上がり、『恐れるはずだ』と信じて放った一撃にも躊躇《ちゆうちよ》なく踏み込んでカウンターを放ってくる。己が死すら恐れず、いつだって魔王ゼルフェリオに立ち向かってきた。

実際に負けた身として言わせてもらえば、

「そう、勇者というのは――いわば非合理の怪物だ。理屈で割り切れぬ存在だからこそ、理屈では勝てぬはずの格上すら殺し得る。理屈でいえば倒れるはずの場面ですら、なぜか倒れない。そういう……訳の分からん力を持った奴《やつ》を聖剣は求めているんじゃないか」

「非合理ゆえに負けぬ……と？」

キル爺が伸ばした手を止めた。その目をなおギラギラと血走らせながら。

「あ。はい。個人的にはそう思うんすけど……」

「勇者はそういった魔術の使い手だったということか？　非合理的な行動を積み重ねることで、ある種の因果逆転を誘発し、格上との戦闘においても勝機を見出《みいだ》すという」

妙な曲解をされてゼオは渋面となる。

「いや、そういう戦術的なものじゃなくて。心意気というか」

「なるほど。非常に、非常に興味深い見解だ」

キル爺《じい》はもうゼオの話など聞いてはいなかった。勝手に自分で結論を見出し、算盤《そろばん》でも弾くかのように黒目を蠢《うごめ》かせている。

「勇者の力が……ならば……殺せる……いかに……とて……」

そしてまたブツブツと高速の独り言を始めた。たまらずゼオは冷や汗を流す。

そのまましばらく不気味な独り言タイムが続いたが、

「よかろう」

いきなりキル爺が若干の正気を取り戻した。

「因果逆転こそが勇者の真髄なら、賭ける価値はある。そして勇者ゼオよ――貴公にならば、あの絶望的な事実を明かしても、戦意を失うことはあるまい」

「まさかキル爺……あの事実を彼に明かすのですか？」

ゼロ点だった答案を平然と破り捨て、シリウスが緊迫した表情で言った。

「勇者ならば遅かれ早かれ知ることだ」

「あら？　っていうことは、こいつを勇者って認めてくれたの？」

どこか勝ち誇った顔でベルカが薄笑む。

「致し方あるまい。【聖剣選定の儀】をこれだけ完璧に突破したのだ。これで認めぬようでは、何のための儀か分からぬ」

さっき俺のこと始末しようとしてこなかった？　とゼオは内心で思う。

キル爺は相変わらずのイカれた眼光ながらも、どこか厳粛な雰囲気を発し、こう続けた。

「現状の人類戦力と魔王が衝突すれば、人類の勝率は十パーセント以下といわれている。だが、これは大きな嘘《うそ》だ。民草を混乱に陥らせぬため、改竄《かいざん》した数値を公表しているのだ」

キル爺が大きく息を吐く。

「本当の勝率は――ゼロだ。このままでは人類は滅ぶ」

ベルカとシリウスは、ただゼオの反応を見守る構え。それに対するゼオは、

「あっハイ」

当然、別になんの感想も湧かなかった。

人類の勝率が十パーセント以下だと最初に飛行船情報で聞いたときから、魔王を買い被《かぶ》りすぎのクソ試算だと分かり切っていた。クソ試算の数値がいまさらどう上下にブレたところでなんら問題はない。というか興味もない。

「ハイ……？　それだけか……？　人類の敗北という現実を、ただそれだけの言葉で受《う》け容《い》れるのか？」

「いやまあ、その数字が正しいかどうかなんて誰にも分からないじゃないすか。机上の数字で一喜一憂してても始まらないっすよ」

実際のところゼオは『魔王の勝率ゼロ％』と知っているのだが。

「よく言ったわ！」

歩み寄ってきたベルカがゼオの腕を摑《つか》み、ぶんぶんと上下に大きく振った。

「そうよ！　わたしは勇者じゃないから十年後に戦うつもりはないけど、もしやってみれば勝てると思うのよね。データだけで勝手に悲観して諦めてちゃ、勝てる勝負だって勝てなくなっちゃうわ」

「ああ……そうとも。僕たち七傑だって、まだ強くなれる可能性はある！」

シリウスも目を輝かせながら拳を握っている。ただ、七傑のもう一人。ナッシュとかいう眼鏡は未だに白い灰となったまま死んでいる。

「そうか……見事。それでこそ魔王に抗《あらが》う真の戦士たちだ」

ゼオたちに背中を向けたキル爺は杖《つえ》をついてグラウンドの外に歩いていく。ずっとヒリついた空気を纏《まと》っていたので、ようやくこれで落ち着ける――と思ったとき、去り際のキル爺が呟いた。

「無限の魔力に、不死なる肉体を持つ魔王。全知全能に近似した異次元の存在を如何《いか》にして殺すか、我もまた思索を巡らすとしよう……」

「えっ、ちょっ。魔王が不死身って、それどういう」

ゼオが咄嗟《とっさ》にそう呼び止めたときには、キル爺はもうその場を去っていた。

＊

「始祖蘇生《そせい》魔術よ」

「始祖……？」

試練が終わった後、ベルカとゼオは街中を並んで歩いている。

その際にキル爺の言葉の意味をベルカに尋ねてみたら、あっさり教えてくれた。

「ええ。千年前に敗北した魔王が、自らをより強大な存在へ生まれ変わらせるため発動した究極の蘇生魔術よ。これによって魔王は無限の魔力と不死身の肉体を得るとされているわ」

「魔王の蘇生魔術ってそんな特殊なもんだったたっていう扱いなのか……？」

「当然でしょ。普通の蘇生魔術は数十秒ぐらいで済むのに、千年もかけるのよ？　別の狙いがあるって想定してしかるべきでしょ」

「復活に千年もかかるのは魔王の余裕の顕《あらわ》れだって聞いたんだが」

前にREXの受付嬢はそう言っていた。人類に千年の準備期間をくれてやるという、魔王の余裕の顕れとして解釈されていると。

「それは世間一般に流してる偽装情報ね。魔王の本当の狙いが分かったら人類が絶望のあまり軒並み戦意喪失しちゃう可能性があるから」

「……どういう原理と仕組みでそこまでパワーアップするんだ？」

「さあ。わたしは専門家じゃないから。でも、なんとなく感覚でヤバさは分かるでしょ？魔王が千年を差し出して惜しまない対価と考えれば、無限の魔力も不死身の肉体も頷《うなず》けるってものよ」

本来、復活してからこれまでの流れを鑑みれば、人類の阿呆《あほう》な買い被りと失笑できたものだった。

だが実際問題として、ゼオの肉体は不死性を獲得してしまっている。

（よく分からんが、俺の未熟かつ非効率な蘇生魔術がとんでもないラッキーで妙な副次効果を発揮したようだな……）

どうせなら無限の魔力というのも備わっていて欲しかったが、世の中そこまで都合よくは回らない。膨大な魔力が漲《みなぎ》ってくるのは再生のごく一瞬のみで、普段のゼオは現代基準の一般人にも劣る。

「しかしお前、知ってたのか？　その割にはずいぶん楽観的だったが」

「そりゃそうよ。いくら魔力が無限で不死身だからって、イコール無敵じゃないでしょ」

ベルカはくるくると指を回す。

「たとえば魔王が不死身でも『もう殺してくれ』って思うくらいの苦痛を浴びせ続けたら屈服させられると思わない？」

「子供のくせに本当えげつない発想してるなお前」

「何言ってるの。むしろ敵を殺さず和解できる平和的手段じゃない。妖精の杖《フェアリイ☆スタッフ》の形態の一つに『非殺傷仲直り用途』のやつがあるんだけど、たとえば相手の神経系に限界突破の苦痛信号を与え続けたり——」

ゼオは青ざめる。それは和解でも仲直りでもない。純然たる拷問である。

「ま、わたしは戦わないから関係ないけど。でもあんたが戦うとき、今の戦法を採用してもいいわよ。勝利の暁には、師匠から授かった秘策が決定打だったと胸を張りなさい」

「絶対に俺はそういう手は使わんぞ」

「じゃあ不死身の魔王をどう倒すつもり？」

倒される側の立場にいる現在、いくらでも手段は思いつく。というか何度かその危機に瀕《ひん》した。現にリュテルノからは『ロケットに積んで宇宙にぶっ放してやる』と脅された。もし実行されていたらいまごろゼオは空の果てで星屑《ほしくず》と化していたろう。

もちろんそんな本音は言えないので、

「さ、さっきも言っただろう。勇者とは不可能を可能にする存在だ。不死身の魔王だろうが何だろうが叩き斬って息の根を止めてやる」

「ふ〜ん。そういう奴に限って、窮地に陥ってから師匠の教えを思い出して形勢逆転しがちよね」

「しがちってなんだ。そこまで類例があるようなケースか？」

「アニメとか漫画の話よ」

くだらん創作の話か、と呆《あき》れたゼオはポケットに手を突っ込んでベルカと違う分かれ道に向かう。

「明日もまた例の荒野で修行をつけてもらうぞ。時間に遅れるな」

「弟子のくせに偉そうね。っていうかあんた、気になってたんだけどどこで寝泊まりしてるの？　つい最近まで山暮らしだったんでしょ？」

「そこの公園の遊具だ。屋根があって不自由せんからな」

一回、夜中に警察官に職務質問というのを受けたが『魔王襲来時のゲリラ戦に備えて屋外サバイバル訓練をしています』と述べたら『素晴らしい心がけだ』と見逃してくれた。ゼオもこの時代にだいぶ順応してきたのだ。

ベルカは途端に哀れなものを見る目つきになった。

「仮にも勇者がホームレスじゃあ人類の士気に関わるから、今すぐまともな家を借りなさい。これからメディアに登場したり、顔を売っていく機会もどんどん増えるんだから、清潔感とかも大事よ」

「しかし金がな」

「何のために勇者の公認を勝ち取ったと思ってんのよ」

ぴっ、とベルカが金属製の黒いカードを投げ渡してきた。指で挟んで受け止めたゼオは、

「なんだこれ。占い道具か？」

「本っ当に世間知らずね。カードよカード。それ出したら買い物ができるの」

「ああ、紙幣の代わりというわけだな。これ一枚でどれだけの価値がある？」

ベルカは眉根をつまんで、

「あのね、それは使っても減らないの。そのカードを呈示して買い物をしたら、後日REXが全額を精算してくれるわ。幹部級戦士にだけ与えられる特権よ」

「なるほど……ツケ払いの保証書みたいなものか」

「解釈がなんか独特ねあんた。とりあえず、あんたのカードが正式支給されるまでわたしのを貸しといてあげる。こっちはお金に困ってないし」

これは率直にいってありがたい。金はいくらあってもよい。千年前の魔王ゼルフェリオも、酒や高級食材といった贅沢品《ぜいたくひん》はこっそり正体を隠して人里で購入したりしていた。差し向けられた討伐隊を返り討ちにするたび『有り金を出せば命は助けてやる』と脅せば結構な儲《もう》けになったものだ。

ゼオはカードを懐にしまい、

「とりあえず今日は美味《うま》い肉と酒でも買うとするか……」

とほくそ笑む。復活してからずっと、魔王らしからぬ貧相な食生活（主に残飯）で生き延びてきたのだ。ここらで贅沢しても罰は当たらない。

「え、なにそれ。一人で贅沢しようなんてズルくない？」

と思ったら、露骨に不満を表明してくる奴《やつ》が目の前にいた。

「別にそっちも金には不自由していないんだろう。好きに贅沢すればいい」

「そこはね『ベルカ師匠。あなた様の教えで無事に勇者の資格を得ることができました。お礼にディナーをご馳走《ちそう》させていただけませんか』って申し出るべきところよ。礼儀の問題として」

「少なくとも今日の試練で、お前から教わったことは何一つ活《い》きてないと思う」

なんせベルカ本人は糞《くそ》成績だったのだから。

「ふ、見くびってもらっちゃ困るわね」

そう言ってベルカは人差し指をぴんと一本立てた。

そして、ゼオに対してやたらと意味ありげにその指を見せつけてくる。

「なんだその指は」

「今日のわたしの点数。一点よ一点。すごいと思わない？　有史以来【聖剣選定の儀】において一点以上を稼いだのは、わたしとあんたしかいないのよ」

「一点すらいなかったのか今まで……？」

ゼオは眉を顰《ひそ》めた。改めてこの時代の人類の終末思想っぷりが窺《うかが》える。

「あんたを除けば、わたしは合格点にまでは届かずとも【聖剣選定の儀】の過去最高得点者として名を残せるくらい優秀だったわけ。そんなわたしの教えを受けておいて、何も得るものがなかったとは言わせないわ」

「ああ、分かった分かった。要するに飯を奢《おご》れば満足なんだな？」

もう長々と話をするのも面倒なので、ゼオは頭を掻《か》いて話を打ち切った。

「食材店はどこだ？　肉と酒、あと香辛料が欲しい」

「え。手作りするつもりなのあんた？」

「他人が作ったものなど、いつどこで毒を盛られるか分からんだろう」

「あんた、変なとこで思考が修羅ね……」

とぼやいたベルカは、ふと何かに気付いた様子を見せる。

「ちょっと待って。あんた公園暮らしなんでしょ。どこで料理するつもり？」

「公園でも肉ぐらい焼ける」

「嫌よ。なんであんたと雁首《がんくび》揃えて公園で原始人みたいに肉齧《かじ》んないといけないの。うちのキッチン貸してあげるからそこで料理しなさい」

ゼオはシンプルに嫌そうな顔をした。

うかうかと人間の根城に誘い込まれるだけでなく、あまつさえ食卓を共にするなど。魔王としてあり得ない愚行である。

「なんかすっごく嫌そうな顔してるわね」

「……いや、別に。大丈夫だ」

まだベルカには利用価値がある。ここで関係を悪化させるのは得策ではない。

「あっ。もしかして、照れてるの？」

「は？」

などと考えていたら、急に的外れな台詞《せりふ》が来た。

「そっかそっか〜。そうよね。わたしみたいな美少女の家に招待されちゃったら、照れて動揺しちゃうのも無理ないわよね。そうならそうと最初から言いなさいよ」

「──ああ。そうだ。照れてるからお前の家に行くのナシにしてくれ」

「ちょっとは慌てて否定しなさいよこの馬鹿。本気で一発殴るわよ」

妙な勘繰りをしてくれたから好機とばかりに乗ってみたのだが、なぜか火に油を注ぐだけの結果となってしまった。

まあいい。今回限り我慢すればいいだけだ。

肚を決めたゼオは、ベルカの案内のままに食材店へと向かった。

＊

魔王ゼルフェリオはこの世に生まれ落ちてからずっと一人で暮らしてきた。

もっとも古い記憶――物心ついたばかりの幼少期は、ほとんど獣同然に野山を駆け回って、果物やら魚やら小動物を喰《く》らって生きていた。

やがて成長し、魔王としての自覚が芽生えてきたころには、さすがにもう少し威厳を意識するようになった。たとえ誰が見ずとも、己は世界に破滅を齎《もたら》す終末の使徒なのだから、それに相応《ふさわ》しい質の生活を心がけようと。

植物系魔法の試験場がてら、隠れ家の近くに小規模な菜園を拓《ひら》くくらいはわけなかった。さすがに家畜を飼うのは手間がかかるので断念したが、野鳥や猪《いのしし》は頻繁に狩って調理したものである。

そういうわけで、我流だが料理の経験はそこそこ積んでいる。

「ほら。魚を捌《さば》いて香辛料をまぶして油漬けにしたやつと、鶏と野菜を乳で煮込んだやつと、鉄板で焼いた牛だ」

料理を手早く完成させるや、ゼオはベルカの待つ食卓の上に皿を並べた。

たまたま目にした人間の食卓で美味《うま》そうだった料理を模倣した、正式名称も知らない料理群である。

それと料理とはいえないが、茹《ゆ》でた丸芋もテーブル中央に山盛りにしてある。肉や魚は毎日手に入るとは限らなかったので、一番の常食はやはり芋だ。

「熱いうちが美味いぞ。ああ、油漬けだけは冷えても美味いがな」

食卓についたゼオは爪に魔力を纏わせた切断魔術で牛肉を裂き、手摑《づか》みで口に放り込む。舌に塩気が広がったところで芋を齧る。ゆうに千年ぶりの豪勢な食事は、胃袋が震えるほど身に染みた。

そんなゼオの食事風景を、ベルカはぽかんと見ていた。

「どうした？」

「あんた。なんでこんなに料理上手《うま》いの？」

上手いのか？　とゼオは首を捻《ひね》る。見様見真似《まね》でしかないが——まあ、娯楽といえるものが食事しかなかったから、わりと熱心にレシピの改善は重ねたと思う。初期のころは本当にゲロマズで何度か吐いた。

「山奥には娯楽がなかったからな」

ほとんど正直にゼオは答える。

ベルカは呆れたように笑って、

「なんでそこまでして山奥に住んでたのよ。ほんと意味分かんない奴」

美味そうに料理を食べ始めた。その際にナイフとスプーン、フォークをしっかり使っていたので、ゼオも慌ててそれに倣う。さっきはうっかり手づかみで食べてしまっていた。

「わたし魚苦手なんだけど、この油漬けは食べられるわ」

「骨を抜いて、臭みも香辛料で消している。食べられて当然だ」

「こっちのシチューも美味《おい》しい」

「シチュー？　それは乳で煮込んだやつだぞ」

「それをシチューっていうのよ」

そんな会話があったのは最初だけで、そのうち互いに無言でモリモリと飯を食っていくだけとなった。

その途中でゼオはふと疑問に思う。

ベルカの住居は、高層ビルの最上階を一フロアまるまる占有したものだった。ビルの低層〜中層はすべて非常用物資の詰め込まれたシェルターとなっており、有事の際はベルカの居住部分だけを蓋のように地上に残す形で垂直潜航する。

ゆえに平時は誰も暮らしていない。

なぜ一一歳の子供が、こんな場所で一人で暮らしているのだろうか。本来ならせめて両親が共に暮らしているべきだろうに。

「ところでお前、親は」

「んー？ 培養プラント生まれだから普通にいないけど？ むしろ今時そっちの方が主流でしょ」

「そうか」

意味はよく分からなかったが、天気の話でもするようなトーンだったので一切同情とかする必要はなさそうだと理解した。

「あんたは？」

「俺もその、なんだ、培養プラント生まれだ。だから親はいない」

「ふぅん。せっかくだし、今度同プラの親睦会とか出てみたら？ 勇者に選ばれたって自慢したらその日の主役間違いなしよ」

「同プラの親睦会……？」

「あ、もしかしてあんたって案内状が来ないタイプ……？ ごめん。今の忘れて」

なんか勝手にベルカが気を遣って話題を打ち切った。またモリモリと飯を頬張《ほおば》り始めて、

「そうだ。あんたここに住みなさいよ。ご飯作ってくれるなら空き部屋貸してあげる」

「お断りだ」

手早く料理を掻《か》き込《こ》んだゼオは、素っ気なく席を立った。

もらったカードで資金は無限。貸し宿でも何でも自由に渡り歩けるのだから、人間などと同じ家で暮らす必要はどこにもない。

「俺はもう出る。残った料理は好きにしろ」

ベルカの返事も待たず、玄関に向かいドアを開ける。

そこには、

「ふふ、見つけましたよ……」

敗北のショックのあまり、燃え尽きたような白髪に変貌してしまった七傑の眼鏡《めがね》――ナッシュが立っていた。

「ゼオ殿。七傑の参謀たる私を下して勇者の座を勝ち得たことに、まずは惜しみない敬意と賞賛を」

「お、おう」

「そしてここからが本題です」

くいっ、とナッシュは眼鏡を持ち上げてから、

「勇者となった貴様をここで消せば、勇者の座はすなわち私のもの！　はっはぁ！　さすが私ぃ！　完璧な発想！　手に入らぬなら奪えばよいのだぁ！　くたば——ぶっ！」

豹変《ひょうへん》して襲い掛かってきたナッシュを迎え撃ったのは、カウンター気味に飛び出して来たベルカの膝蹴りだった。手には乳煮もといシチューの皿を持ったまま、口にはスプーンを咥《くわ》えている。

「ごっぐぁっ！」

血反吐《へど》とともに錐揉《きりも》みして吹っ飛んだナッシュは、備え付けのダストシュートに見事直撃。薄汚れた配管の奥に呑《の》まれていった。

着地したベルカはふふんと笑って、

「ああいう輩《やから》を自力で追っ払えるようになるまでは、うちにいて損しないと思うけど？」

「はい」

こうしてゼオの仮住まいが——不本意ながら決定した。

＊

「そういえば、【聖剣選定の儀】でお前が正解した問題はなんだったんだ？」

皿洗いをしながらゼオが尋ねる。

ゼオは全問正解だった。倫理観の死んでいるこの時代の人間《ベルカ》と、たった一問でも解答が一致してしまったのは不愉快だったが、

「『心に迷いがあるときは戦ってはならない。勇者として○か×か』って問題よ」

ソファーで寛《くつろ》ぎながらベルカが答えた。

「やっぱり○で正解だったわ——たとえそれがどんな下らない迷いだって、ね」

「ふん」

ゼオが鼻を鳴らすと、ベルカは満足そうに笑った。

第三章

～魔王打倒にかかる必要戦力の論理的分析～

【前提】魔王とは人類の心の闇より生まれる怪物である
前提より（魔王の魔力量）＝（全人類の魔力総和量×D）という等式が成り立つ
※係数D《ダーク》……人類の心において闇が占める割合（０％～１００％）
このとき『人類が魔王を殺そうと思えば思うほど、人類の闇が深くなり魔王も強大化する』というリスクが生じるが【カルマ×カルマ＝功徳】の定理を導入することにより懸念は解消される
※【カルマ×カルマ＝功徳】の定理……カルマの塊である魔王に殺意《カルマ》をぶつける行為は、神に祈りを捧《ささ》げるに等しい功徳であるという定理
すなわち全人類が純粋に『魔王への殺意』で心を染め上げれば、善なる光の感情にて魔

王の戦力は逓減し、打倒に要する人類の必要戦力水準は最小化される。初代勇者においてはこの条件下で魔王を打倒したと思われる。しかし――……

＊

「指一本だけで相手してあげるわ。全力でかかってきなさい」

言われずとも遠慮などしなかった。

ペース配分など微塵《みじん》も考えない。さらに全生命力を魔力に変換。数秒足らずの爆発的な戦闘力と引き換えに命を燃やし尽くす、昨日から徹夜で編み出した魔王の禁断闘術だ。

「うぉらぁぁぁ――っ!!　死にさらせぇ――っ！」

が、全身全霊すべてを込めた渾身《こんしん》の拳は、ベルカの指一本で止められてしまった。

「こんなもの？」

そして反撃が来る。指による刺突。眉間を正確に狙ってきたそれは、

「んがっ」

額に触れただけでゼオの頭蓋の内まで破壊力を浸透させ、容易《たやす》く脳を破壊してみせた。

膝から崩れ落ちかけるが、

「……くそっ」

悪態とともに踏ん張って身を起こす。本来ならあっけなく死んでいるはずだが、やはりゼオの身は何事もなかったように全快した。この不死身の再生能力を活《い》かしてハイリスクの能力向上技を使用してみたのだが、それでもベルカには遠く及ばなかった。

「だから言ったじゃない。基礎戦闘訓練なんかするより、わたしの変身魔術の習得に専念した方がずっと有意義だって」

「お前の変身術はお前が思っているよりずっと習得が厄介なんだ」

服についた砂埃《すなぼこり》を払い、ゼオは立ち上がる。

以前、ベルカの変身シーンを見せつけられた荒野の岩場。ここがとりあえずの訓練場となっている。

「そう？　勇者《あんた》なら遠からずできそうだと思うけど」

「買い被るな。お前は変身しなくても人類の最強クラスだろう？　だから『自分は最強』っていう確信を簡単に持てて、苦もなく最強の姿に変身ができる。俺の場合は世知辛い現実を嫌というほど知っているから、そう簡単にはいかん」

ベルカは唇を曲げて「う〜ん？」と首を捻った。これだから感覚派は。

ゼオはベルカのように極端な空想癖を持っていない。

無根拠に自分を最強と信じ込むことができない以上、実現する『理想像』の精度を高めるには——現実の自分を地道にでも強くして、強者としての自負を取り戻すしかない。

「よく分かんないけど、だからといって素のあんたじゃ逆立ちしたってわたしに勝てないでしょ？　基礎トレで追いつけると思う？」

そのとおり。いくら特訓で技や経験を身に付けようと、人類との絶望的な魔力差は覆せない。奇蹟的《きせきてき》に変身魔術のコツを摑《つか》んだとしても、このままでは発動するための魔力すら足りないだろう。

そこを埋めるにはもう一手必要だ。

「——だから昨日からいろいろ文献を漁《あさ》ってみたんだ」

「資料読んで強くなれるなら誰も苦労しないわよ」

昨晩。ゼオは『魔王についての資料を漁りたい』との名目で、ベルカの持つパソコン（という名の情報端末）を借り受けた。

目的は一つ。魔王に不死の身体と無限の魔力を与えるという始祖蘇生《そせい》魔術の秘密を探るためだ。もしこれが有効活用できるものなら、魔力不足を補えるかもしれない。

恥を忍んで操作方法をベルカに教わり、【聖剣選定の儀】で得た勇者特権を活かし、REXのデータベースにアクセスし、得られた情報は——

ゴミだらけだった。

魔王を過大評価した的外れ分析の多いのなんの。

中には僅かなりともまともな資料があったのかもしれないが、とにかく数百万件にも上るノイズ的なゴミ論文が多すぎた。

なんせほとんどの論文において、始祖蘇生魔術は『魔王が千年もかけて発動するのだから、途轍《とてつ》もなく恐ろしい効果があるに決まっている』という決めつけ&憶測に基づいた空論しか語られていないのだ。こんな中からクリティカルな論文を探すなど、砂漠で一粒の宝石を見つけるような苦行である。

だがそこに魔王として返り咲く希望が眠っている以上、調べぬという手はない。

と、そこでベルカが問いを放ってきた。

「しっかしあんた、弱いけど治癒魔術だけは本当に凄《すさ》まじいわね。どうやって発動してるの？」

「う」

ちょうど今まさにゼオはそれを知ろうとしているところなのだ。

「なんかこう、アレだ。感覚で。死にかけるとグワって根性出るんだ。火事場の馬鹿力だ」

「なにそれ。意味分かんない」

微妙に汗を垂らしつつも――かえって自然に質問してみるチャンスと考え、ゼオは思い切って核心に触れてみる。

「お、俺はただちょっと治癒魔術が得意なだけだが、魔王は不死身とか言っていたな」

「ええ」

「参考までに、あくまで参考までに魔王の能力をもっと知ってみたいんだが――どこの誰が最初にそれを言い出したんだ？」

キル爺《じい》からこの話を聞いたとき、ベルカは『詳しい理屈は知らない』と言っていた。だがもしかすると、説の提唱者がどこの誰かは知っているかもしれない。勇者特権を活かしてその人物に直接会ってみれば、あるいは。

ベルカは僅かに逡巡《しゅんじゅん》してから首を振った。

「……その人なら、今はもういないわ」

「いない？」

「まだ若いのに、とても聡明《そうめい》で優秀な女性だった。だけど……いえ、だからこそ魔王の恐ろしさに耐えられなかったんでしょうね。『魔王は無限の魔力を持つ不死身の存在である』

っていう結論に辿《たど》り着いてから間もなく、精神に異常を来《きた》してしまったの。常軌を逸した理解不能な言動を繰り返すようになって、学会を追放されて――今は失踪して行方不明よ。おそらく、自ら命を絶ったんだと噂《うわさ》されているわ」

なんて早まったことをしやがるんだ馬鹿野郎、とゼオは天を仰いだ。

魔王などちっとも恐るべき存在ではないというのに。健在であれば今すぐ意見を聞きに行けたというのに。

「なら、せめてそいつの名前だけでも教えてくれ。そいつの残した魔王に関する研究資料を読んでみたい」

「それが、彼女は狂乱していた時期に、魔王に関する研究資料をすべてデータベースから消去してしまったの。紙媒体の資料も燃やし尽くされて復元不能よ。まるで……自分が導き出してしまった忌まわしい結論を、すべて否定するみたいに」

なんて早まったことをしやがるんだ馬鹿野郎、とゼオは手で顔を覆った。

「……あんた、もしかして泣いてるの？」

「泣いてなどいない」

正直ちょっとだけ悔し涙が目の端に浮いたかもしれないが。

「……だが、まだだ。たとえ資料が消えようと、そいつの研究資料を直接見たことのある奴《やつ》に話を聞けば」

「全員、記憶を消されたわ」

「ちょっとそいつ念入りすぎない？」

狂乱したというわりに仕事が徹底的すぎる。いや、狂乱していたからこその執念なのか。

「混乱を避けるため、彼女の研究の詳細はＲＥＸの中でも一握りの人間にしか知らされていなかったから、そう難しくはなかったはずよ。気付いたときには研究員たちは詳細の記憶をすっかり消されていたの。『魔王が無限の魔力や不死身の肉体を持つ』って結論だけは、わたしや七傑みたいな精神耐性のある連中が覚えてたんだけど」

つまり現状、ゼオの不死性について答えを出してくれそうな者は皆無というわけだ。

「上層部《うえ》もデータを復旧しようと頑張ってはいるみたいだけど、まあ期待はできそうにないわね。彼女がミスをするとは思えないし」

「くそ……」

始祖蘇生魔術の秘密が知れれば、人類に対抗する術も見つかったかもしれないというのに。

ゼオが地面を蹴って苛立《いらだ》つのを見て、ベルカが遠い目をした。

「会ったこともないのに、そこまで悲しんでくれるのね」

「ああ？」

とんだ勘違いだったが、腕組みをしたベルカはなにやら満足げに瞑目《めいもく》している。

「なら、いつか彼女の墓前に報告してあげなさい。『俺が魔王を倒したから、安心して眠れ』って。そうすれば彼女も魔王の恐怖を忘れて、冥府で安らかに過ごせるでしょうから」

別にゼオはその人物に憐憫《れんびん》も何も抱いていなかったのだが、なんかベルカが浸っている雰囲気だったのでいまいち否定し辛《づら》かった。

「——彼女の名はブラウニー。悼むべき魔王の犠牲者の一人として、その名をよく覚えておきなさい」

勝手に俺のせいにしないでくれねぇかな、とゼオは思った。

＊

『ゼオ様へ
強さだけを崇《あが》める求道者の会より』
朝の修練を終えてベルカ宅に戻ったら、ゴリゴリに怪しい手紙が届いていた。

白一色の地味な封筒に、宛名たるゼオの名と差出人の謎団体名のみ。

嫌な予感しかしなかったので、ゼオは一秒も迷わずリビングのゴミ箱に放り投げた。

しかし、

「あら。きょうかいからじゃない。読まないの？」

たまたまゴミ箱の近くを通りかかったベルカが、投げられた手紙を掠《かす》め取《と》った。

「違う。なんかよく知らんが、教会よりもっと怪しい団体だ」

「何言ってんの。『強さだけを崇める求道者の会』――略して強会じゃない」

「強会……？」

イントネーションは同じでも、ゼオの想定していた教会とはずいぶん違う字面だった。

「それは、教会とは関係があるのか？　千年前に勇者に聖剣を与えた」

「もちろんよ。大昔の教会が大胆かつ豪快な宗教改革を重ねていった結果、今の強会に辿り着いたとされているわ」

「絶対ろくでもない歴史的経緯があったんだろうな」

千年前の教会は腐敗しきった組織だったから改革の必要があったのは分かるが、絶対に当時よりも酷《ひど》いことになっていると確信できた。

「別に怪しい組織じゃないわよ。魔王復活を目前とした今、社会がパニックにならず冷静さを保っているのは強会のおかげと言ってもいいくらい」

「保ってるかな。冷静さ」

冷静どころか全人類クレイジーの領域に踏み込んでいると思う。

「REXは強者を集めて魔王討伐を志すための純粋武力組織だけど……強会はそうじゃないわ。力の弱い者たちが魔王の恐怖に挫《くじ》けてしまわないように——心に勇気を持てるように教え諭すことを目的とした組織なの」

「組織名の字面が暴力を崇拝する危険集団にしか見えないんだけど」

「それは心の強さ。精神的な強さということよ。たとえ魔王と戦う強さがなくても、魔王を恐れず社会に貢献する一員であれば、それはもう魔王と戦っているに等しいってね」

それと似たような言葉は、復活直後のゼオを取り押さえた警官も口にしていた。

なるほど。ああした言葉は教会——もとい強会の教義に従っていたわけか。

ネーミングについては突っ込みたい点が多々あるが、存在意義については思ったよりまともだった。

しかし、この時代の連中を簡単に信用などできない。

「どうせアレだろ。脳の一部を切除したりして、物理的に恐怖心を麻痺《まひ》させるような団体なんだろ」

「そんなの教えでもなんでもないでしょ。仮にそれで魔王への恐怖を克服できたとしても、真の意味での心の強さとはいえないわ。ふざけてるの？」

なんか普通に正論で返されたのでイラっとした。

「じゃあ洗脳《カウンセリング》とか催眠とかで恐怖を上塗りするとか……」

「ＲＥＸは市民相談室でそういうサービスもやってるけど、強会はあんまり推奨してないわね。『自分自身の意志で魔王の恐怖を乗り越えてこそ、本当の勇気が得られる』って主張してるわ」

お？　とゼオは思った。

まだ信用できない。まだ信用できないが、ＲＥＸのあの洗脳カウンセリングを否定的に捉えているところは評価できる。

さらにベルカは続ける。

「そういえば、安易なサイボーグ化やバイオ化にも警鐘を鳴らしてたわね。『テクノロジーに心身とも依存してしまうことで、人間が本来持つ力を弱めてしまう』とか」

ほう？

たまらずゼオは浅く頷《うなず》いてしまった。

そうだ。なかなか分かっている。あんなパワーアップ手段など邪道だ。

「その話を聞くと……強会というのはREXと対立しているのか？」

「単なる組織風土の違いよ。REXは強者による強者のための組織で、強会は弱者救済が主な目的だから、スタンスに多少の差があるってだけ。私含めてREXの中にも雑魚《ざこ》を量産するだけのサイボーグ化に否定的な勢力もいるし」

ゼオはそこで顎に手を添えた。

よくよく考えてみれば、これまで自分が接してきたのは警官という公安職の人間や、武力組織たるREXの関係者がほとんどである。

（もしかすると、一般人の中にはまともな連中もそこそこいるのか……？）

そう思っていると、ベルカが勝手に手紙の封を開け始めた。

「コラ。お前、何を勝手に……」

「いいじゃない。どうせ捨てるんでしょ？　たぶん弱者《あんた》向けの勧誘パンフだと思うけど、オマケが付いてるときあるのよ」

「オマケ？」

「そうそう。なかなか面白いのよあそこ――」

と、ベルカが言葉を止めた。

封筒の中から出てきたのはパンフレットなどではなく、紙切れ一枚だった。

「……！」

そしてそれを開いたベルカは、大きく目を見開いた。

「どうした？」

「ふっ……まさか、あの噂が本当だったなんてね……」

どこか気障《きざ》に呟《つぶや》いたベルカは、ゼオにその内容を見せた。

『このたび正式に勇者の座に就かれましたことを心よりお祝いいたします。

つきましては、当会に保存されている初代勇者アルズ様の遺言をお伝えしたく思いますので、ぜひ一度お越しください。

信徒一同、新たな勇者様の来訪を心よりお待ちしております』

読んだゼオもまた僅かに目を見開き、

「初代勇者の遺言だと？」

「昔から噂はあったのよ。強会は初代勇者様の遺言を保存し続けている――って。いつの日か、新たに聖剣を担う後継者に伝えるために」

「……信憑性《しんぴょうせい》は？」

「そんな手紙を送ってきたってことは、まあ事実なんでしょうね」

正直なところ、眉唾ものだった。

ここまで勇者や魔王の伝承が捻じれて過大評価されているのだから、まともな遺言など残っているはずがない。残っていないからこそ、ここまで面倒な事態になっているともいえる。

しかし、それらを考慮しても――

(奴《アルズ》が最期にどんな言葉を遺《のこ》したか、気になるな……)

もし万が一、本物だとしたら。

魔王ゼルフェリオを完全に殺しきれなかったことへの後悔。将来の人類に対する謝罪。そうしたネガティブな初代勇者の本音が遺されていたら、負けたゼオとしても多少は溜飲《りゅういん》が下がるというものである。

ただでさえ復活してからストレス続きなのだ。憂さ晴らしの笑《わら》い種《ぐさ》くらいは求めてもいいのではないか。

「……ふふ。そういうことなら、ちょっと行ってやるとしよう」

ゼオは魔王らしい陰湿な笑みを浮かべた。

ベルカの話を聞く限り、強会とやらはＲＥＸよりは比較的マシな思想の団体らしいから、さして危険もないだろう。遺言が期待外れのデマ内容でも、別に失うものはない。

「お！　いいわね！　じゃあ私も行くわ！」

と、なぜかベルカがハイテンションで手を上げた。

「は？　なんでお前まで」

「いいじゃない。暇つぶしにはいいのよあそこ」

ベルカは洋服タンスに向かい、鼻歌交じりに衣服を漁《あさ》り始める。

「強会で暇つぶし……？」

「あ、そうそう」

くるりと振り返ってベルカがこちらを指差した。

「勇者として正式に強会に赴くんだから、ちゃんと失礼のない服装にしておきなさい」

「ふん、面倒だな。鎧《よろい》にマントでも羽織っていればいいのか」

「タンクトップ」

「は？」

「タンクトップよ」

＊

強会！〜The power church!!!〜

正面入口の大看板には、力強く荒々しい字体でそう書いてある。

地上数十階はあろうかという巨大な摩天楼である。上部に行くにつれ細くなっていくその形状は、ビルというよりも塔のように見える。

しかし、そんなことはどうでもよかった。

問題は一面ガラス張りの建物の中に覗《のぞ》く光景である。

そこは――

無数のマッチョでひしめいていた。

筋肉。筋肉。筋肉。右を見ても左を見ても筋肉。ゴリマッチョから細マッチョまで種類は豊富だが、いずれも鍛え抜かれた肉体の持ち主たちばかりだった。無数に備えられたマシンやウェイトで誰も彼もがいい汗を流しまくっている。

「なんだここ。トレーニング施設か？」

「強会って書いてるでしょ」

タンクトップを着たゼオの問いに、上下セパレートの運動着を纏《まと》ったベルカが答える。

分かっている。分かっていてなお理解が追いつかないから、同じ名前の別組織という可能性に一縷《いちる》の望みを懸けてみたのだ。

だって入口すぐ横の掲示板をちょっと見てみたら、

【イベントのお知らせ】～有刺鉄線デスマッチ　最強の信仰の持ち主はどいつだ⁉～

とかいう意味不明な告知が躍っているのだ。

概要曰《いわ》く、マスクを被った敬虔《けいけん》な信仰者《ファイター》たちが、打倒魔王を祈願しながら流血上等の激しい肉弾戦を繰り広げるイベントだという。なお、勝敗予測は賭博の対象となっており、胴元の収益は魔王抹殺特別財団に全額寄付される。

「へえ、あんたデスマッチに興味あるの？」

「ない。これっぽっちもない」

「それにしてはずいぶん凝視してたけど」

「……弱い奴《やつ》らを支えるための宗教なんだよな？　なんで当たり前のようにマッチョどもがデスマッチしてるんだ？」

流血デスマッチ以外にも、アームレスリングやら総合格闘といった教会らしからぬイベントが目白押しである。

讃美歌《さんびか》の合唱会というそれっぽい行事もあったが、概要を読んでみたら『一番声のデカかった奴が優勝！　リズム音程一切不問！　腹筋＆インナーマッスルを鍛えまくって勝負に臨め！』という讃美歌の理念を愚弄するような文章が書かれていた。

「強会の掲げる心の強さ――それはすなわち、筋肉よ」

重々しくベルカが言った。端的にいって意味が分からなかった。

「筋肉ってどう考えても物理的な力だろ……？」

「じゃあ聞くけど、魔王との戦いで筋肉が役に立つと思う？　答えはノーよ。魔力という圧倒的な力の前には、肉体の筋力差なんて誤差もいいとこだと思わない？」

少なくとも千年前は誤差ではなかった。大いに実用的だった。人間の魔力は知れていたから、否応《いやおう》なく自前の膂力《りょりょく》でカバーする以外になかったのだ。

「実戦で何の役にも立たない。誤差でしかない。けれど、そんな誤差のような微々たる力を日々の鍛錬で積み重ねていく……この弛《たゆ》まぬ努力が心の力でなくて何？」

なんだろう。決定的に間違っているはずなのに、そこそこ説得力があるのが悔しい。

「実際、強会の信徒の多くは生来の魔力に恵まれていないわ。だけど強会の教えに基づいて日々の信仰《トレ》を欠かさず続け、魔王の恐怖にも挫《くじ》けないタフな心を養っているのよ」

「脳の髄まで筋肉でハッピーになってるだけじゃねえかな……」

「ついでにいえば、強会の興行イベント収入はほぼ全額が魔王討伐の軍資金に回されてるから、彼らは十二分に魔王討伐に貢献してるともいえるわ」

頭が痛くなってきた。

ゼオは眉根をつまみながら、

「お前が言ってた勧誘パンフのオマケって……」

「興行イベントのタダ券とかが同封されてたりするのよ。しかも勧誘特別席で、かなり前方のいい席が割り当てられるの」

こいつが妙に強会訪問に乗り気だった理由が分かった。ある種のエンタメ施設なのだ、ここは。

「もういい。さっさと遺言だけ聞いて帰るぞ」

自動ドアをくぐると、空調が効いているはずなのにモワッと漢臭い空気に包まれた。受付カウンターにいるのはシスター服を着た中年の女性だったが、異様に肩幅が広かった。

「あら、これはベルカ様と……お初の方ですね。入信希望ですか？」

「初代勇者の遺言を聞きに来ました」

単刀直入に強会からの手紙を受付に突き出す。

中年の女性は俄《にわ》かに迫真の表情となった。

「ということは、あなたが例の……」

「ええ。【選定の儀】を突破した聖剣の勇者ゼオよ」

ベルカに紹介されると、中年の女性は瞑目《めいもく》しながら己の両拳を臍《へそ》のあたりで突き合わせた。もしかすると祈りの作法だったのかもしれないが、どう見てもポージングである。

「お待ちしておりました。どうぞあちらへお進みください」

女性が示した先には、フロアの奥へと向かう細い通路と――

その通路を門番のように塞ぐ彫像があった。

右半身にはゴリゴリに盛り上がった筋肉、左半身にはしなやかに引き締められた筋肉。

正中線を境に別々の人間を継ぎ合わせたような、アンバランスかつ不気味な像だった。

「なんだあの気色悪い人体模型みたいなの」

「力神様《リキガミ》ね」

「俺の知らない単語を当然のように繰り出さないでくれ」

いい加減に食傷気味である。

「右半身は力の象徴。左半身は技の象徴。つまり力神様は力と技を兼ね備えた至上の存在のモチーフなの」

「あんな化物みたいなのを信奉してるのか？　この強会は」

「いいえ。強会が崇《あが》めるのは純粋な力そのもの。力神様はあくまで参考モデルの一つでしかないわ。強会公認イメージキャラクターといった方が正確かしら。興行イベントのときは着ぐるみと一緒に記念撮影とかできるわよ」

「そう」

一生使わないであろう無駄な情報が脳に刷り込まれてしまった。

「で、なんで通路をあの像が塞いでるんだ。邪魔だろ」

「信仰力認証よ」

「頼むから少しは俺の知ってる言葉で説明してくれ」

「信仰とは筋力《ちから》そのもの。一切の魔力を用いず純粋な信仰《ちから》のみであの像を押して動かすことで、門をくぐるに相応《ふさわ》しい信仰を備えていることを証明するのよ」

「結局ただの力尽くだろそれ」

近づいたゼオは力神像を小突いてみるが、材質は鉄でも青銅でもない。この時代ならではの未知の合金で作られているようだった。

(どうせ今の俺の腕力では一ミリも動かせんのだろうな……魔力で動かすか)

いくら現代人類が規格外とはいえ、純粋な筋力で動かせる範疇《はんちゅう》の重さなら、さすがに今のゼオでも肉体強化すれば動かせるだろう。

そう思って手指に魔力を込めて像に触れた瞬間、

「あっ！　馬鹿！」

「え」

閃光《せんこう》とともにいきなり像が爆発した。

凄《すさ》まじい爆風に全身を焼き尽くされたゼオは当然のように致命傷を負う。例のごとく謎魔力で即復活して身を起こすが、ガラスを破って施設の外まで吹き飛ばされていた。

「おい！　なんだ今のは！」

激昂《げきこう》しながら煤《すす》を払って強会の中に戻る。

「だから魔力使うなって言ったじゃない。力神様の中には指向性爆薬がみっしり詰まってて、不正行為を感知したら不敬者を道連れに自爆するわ」

「不正行為に対してペナルティが重すぎるだろ」

「そりゃあそうよ。不正行為《ドーピング》は教義上トップクラスに重い罪なんだから。しかし参ったわね、これじゃあ……」

そう言って眉を顰《ひそ》めたベルカは周囲を見回した。

つられて見れば、トレーニングをしていたマッチョどもが侮蔑の目線をゼオに向けていた。

「おい見たか？　あの男、こともあろうに聖地で魔力使用の罪《ドーピング》を犯したぞ」

「これだけ大勢の信徒の前でよくもあんなことが……」

「いったい教義をなんだと思っているのだ」

「あらゆる筋肉に詫《わ》びろ」

ザワザワと陰口が囁《ささや》かれ始める。

一気に高まるアウェー感。ゼオは早くもこの後の袋叩《ふくろだた》き展開を覚悟した。

と、そのとき。爆音に気付いてか、力神像の向こうにあった扉から複数名の聖職者が駆け出してきた。

「何があったのですか⁉」

男性は神父服、女性はシスター服を身に纏っているが、揃《そろ》いも揃って肩幅と胸板のデカさが半端ではない。あと男はスキンヘッド率が高い。

受付にいた中年シスターが前に出て、

「それが、この新勇者の方が信仰力認証で不正を働いてしまい……」

「なんと。ゼオ様、それはまことですか？」

先頭に立っていたスキンヘッド神父の一人が物腰穏やかに尋ねてくる。身長は二メートルくらいある。

「本当だが……そこまで大層なものだと知らなかったんだ。気分を害したなら詫びるが」

恐怖を覚えながらゼオが弁明する。

「こいつ山育ちで世間に疎いのよ」

さりげなくベルカも弁護してくれる。

ここで意外にも――スキンヘッド神父は理解を示すように頷《うなず》いた。

「なるほど、そういう事情でしたか。それでは仕方ありません」

「え？」

ゼオは拍子抜けした。てっきり磔刑《たっけい》＆火炙《ひあぶ》りにでも処されるかと思った。

「それより、爆発でのお怪我《けが》はありませんか？」

「あ、ああ」

「あれを無傷とは、流石《さすが》は勇者様です。しかし――今後は事故防止のため、信仰力認証に挑まれる方々には事前説明を徹底することとしましょう。我らの教義が世間に周知のものであると、知らぬうちに驕《おご》ってしまっていたようです」

極めて紳士的な対応だった。

自爆する像を置いている連中だからイカれているのは間違いないが、どいつもこいつもイカれきったこの時代の中では、比較的マイルドなイカれ具合といえた。問答無用で暴力に訴えてくるわけではなく、ちゃんと会話が成立している。

「そうだ。勇者の遺言の件で訪ねたんだが」

ゼオが切り出すと、スキンヘッド神父はやや難しい表情となった。

「ご足労いただき誠にありがとうございます。しかし……」

神父の懸念は言われずとも分かった。フロア中のマッチョどもからゼオの背中に注がれる非難の視線である。

「新たな勇者様に初代勇者様の遺言を伝えることは、我ら強会の悲願であります。ですがこの状況ですと、いささか信徒たちが納得しかねるかと……」

「……つまりなんだ。俺には伝えられんということか？」

悩ましげに神父は頭を下げる。

「申し訳ありません。初代勇者様の意を尊重して必ずお伝えする所存ではありますが……本日のほとぼりが冷めてから、後日お伝えするという形でもよろしいでしょうか？」

まあ、構わない。

初代勇者の遺言を知ろうと思ったのは、単に奴《やつ》の最期を嘲笑《あざわら》ってやりたかったからである。純粋な興味本位だ。別に緊急性があるわけではないし、なんなら最悪このまま知れず終《じま》いでも——

「ダメよ。勇者たる者が、そんなコソコソとしてどうするの。強会の信徒どもを全員納得させて、拍手喝采されながら遺言を受け取りなさい」

そこでベルカが口を挟んできた。

「まったく……本来そんなに難しいことじゃなかったのよ。強会はあんたみたいな魔力弱者のためにこそある組織だから、誠実に『これから信仰頑張《トレ》っていきます！』って宣言すれば好感が得られたでしょうに」

ブツブツとベルカはぼやく。だいたいその真意は読める。できるだけ大勢にゼオを勇者として認めさせ、既成事実化していきたいのだろう。その方が今後スムーズに引退できるというわけだ。

しかし様子がおかしい。不満を並べているくせに、なぜかだんだんその表情が笑みに近づいていく。

「こうなったら……もうあの手しかないわね」

そう呟《つぶや》いたベルカは、すたすたと手近なマシンに向かった。

パンチングマシンである。

機械上部にはモニターが取り付けられていて、パンチの重さを数値化してランキング表示してくれる機能もある。

マシンの正面に立ったベルカは無造作に腕を上げ――

ぶっ壊した。

ベルカの拳が中央のミット部に叩《たた》き込《こ》まれた瞬間、機械が悲鳴のように火花とスパークを上げ、ぶすぶすと煙を噴き出して機能停止した。

呆然《ぼうぜん》とするゼオ。

今のベルカは、一切魔力を使っていなかった。

「ふっふっふ……あっはっは！　ご機嫌いかがかしら雑魚《ざこ》マッチョども！　いつも無駄な努力に精が出るわねぇ！　あんたたちがどれだけ無駄に筋肉を膨らませても、絶対強者の私には素手ですら太刀打ちできないのよ！　ご愁傷さま！」

高笑いしたベルカは、今度は重量級のバーベルをぐにゃぐにゃと捻《ね》じ曲《ま》げ始めた。もちろん魔力なしである。なんだあいつ。魔力なしでも素であれだけ強いのか。

いや――そんなことより。

「なにやってんだ、あいつ……？」

ただでさえ信徒たちから反感を買っていたというのに、これでは火に油である。ここまで真正面から喧嘩《けんか》を売っては、もはやほとぼりが冷めるのを待つことすらできないのでは、

「まさかこれは……信仰決闘演出《ファイティング・パフォーマンス》!?」

と思いきや、なんかスキンヘッド神父が解説を始めた。

「なにそれ」

「我々が信仰決闘《ファイト》を行う際の作法です。正義信仰者《ジャスティス・ファイター》と悪役信仰者《ヒール・ファイター》に陣営を分けた上で、悪役《ヒール》サイドが徹底的に挑発を行うのです」

また知りたくもない現代知識が増えた。

「で、それが何なんだ」

「このパフォーマンスはいわば一種の『お約束』なのです。決闘が終われば両陣営が和解という形となり、挑発行為のすべては不問とされる……すなわちベルカ様はさきほどのあなたの失態を、演出の一環ということにしてカバーするつもりなのです」

「うん……？　待てよ。それってつまり」

挑発行為が決闘前の作法ということは、

「卑怯《ひきょう》？　不敬？　そんなのはただの醜い嫉妬よ！　文句があるならかかってきなさい！

K.O

人類最強のこの私が認めた一番弟子——新勇者ゼオが纏めて相手してやるわ！」

フロア中から怒号が巻き起こる。だがそれは純粋な怒りというより、どこか熱気と興奮を帯びたものだった。

そんな大音声を背中に浴びながら、平然とベルカがこちらに戻ってくる。

「ふう、なんとか軌道修正できたわ。あとはあんたがこの後の決闘で信徒代表を倒せばオールオッケーよ」

「……は？」

なんてことしてくれやがったのだ。

「ベルカ様、感服いたしました。流石の機転でございます。まさかあの行為を演出に組み込むとは——さて、それでは試合方式を決めましょう。やはりここは王道の『原罪一切不問《バーリトゥード》』方式がよいでしょうか？」

スキンヘッド神父も淡々と話を進めてくる。

「まあそれが一番盛り上がるわよね」

「ゼオ様。このルールにおいては、魔力使用以外のあらゆる戦術が認められます。異存はありませんね？」

異存しかない。ゼオはわなわなと震えた。

「待て。まずそもそも、俺はそんな試合をやるとか言ってない。っていうかもう初代勇者のメッセージとかどうでもいいから家に帰してくんない？」

そんなくだらない行事に付き合ってやる道理はなかった。強会の信徒《マッチョ》どもに認めてもらいたいとも思っていない。

「ご安心ください、ゼオ様」

そこでスキンヘッド神父が小声になった。

「我ら強会としても、信徒たちの理解を得つつ平穏無事に初代勇者アルズ様の遺言をお伝えしたいのです。ここであなたが勝てばそれは果たされます。故に――」

そこで神父は懺悔《ざんげ》のように祈りのポージングをした。

「強会の代表は私が選定いたします。あなたに勝っていただきたいという意向を持った者を」

「つまり……八百長試合をするということか？」

「あくまで我らは信仰に殉ずるのみであります」

身の安全と勝利は保証される。そんな好条件なら話は別だ。実際、ここで逃げ帰ろうとしても、怒りに燃えたマッチョどもがそれを許してくれるとは思えない。

「……それなら、まあいいだろう」

「ありがとうございます。では、我らは準備してきますので、最上階の聖《セント》・闘技場《バトルアリーナ》の控室でお待ちください」

宗教施設の最上階にそんなものがあっていいのかと思ったが、もう何も考えないことにした。八百長試合に付き合えば無事に帰れるのだ。おまけに初代勇者の遺言付きで。

傍らでベルカは腕を組み、なにやら楽しそうにほくそ笑んでいる。

「ふっ、面白い試合になりそうね……」

「なるわけないだろ。出来レースなんだから」

そうかしら？　とベルカはなぜか思わせぶりに笑った。

＊

強会が提示してきた勝負形式は、五対一の交代自由マッチである。

強会は五名の代表を選出するが、五人で一斉にかかってくるわけではない。リングに上がるのは常時一人で、選手交代にはロープ際でのタッチが必要となる。誰か一人でもノックアウト判定（あるいは死亡による蘇生《そせい》魔術の自動発動判定）されれば勝負あり。

「なるほどな。一対一で即決着してはいかにもヤラセ臭いから、人数を増やして誤魔化《ごまか》そうという肚か」

強会側の代表メンバーが苦戦しつつも土壇場でタッチ交代するなどの展開を挟めば、ゼオが一方的優位のまま勝つにせよ、単調な展開を避けられる。

「ふ～ん。五対一かぁ。強会側もなかなか考えてきたわねぇ」

バリバリとスナック菓子を食べながら、ベルカは試合概要を斜め読みしている。

「おかげで試合時間が長引きそうなのは癪《しゃく》だがな……これで遺言が大した内容じゃなかったら許さんぞ本当に」

せめて勝負後には、みっともない初代勇者の泣き言でも目にしたいものである。そうでなければくだらない茶番に付き合わされて丸一日を浪費したことになってしまう。

控室で貧乏揺すりをしながら出番を待っていると、やがて強会のスタッフが呼びに来た。

廊下に出る。祭壇《リング》に向かって長い通路を歩き続けると、なにやら行軍曲じみた音楽が流れ始める。

「入場曲は勝手にセレクトさせてもらったわ」

「ああ。どうでもいい」

もうもうと焚《た》かれたスモークを抜けて会場に入る。入場曲を奏でているのは聖歌隊だった。その鍛え抜かれた筋肉で力強いビートを刻んでいる。

「『力《リキ》』コーナーから入場ッ！　勇者ゼオォ――――ッ！」

実況がこれでもかとばかりに叫ぶ。

ブゥー！　と全方位からブーイングが浴びせられる。中指を立てたり親指を下げたりして迎えてくるのは、その身を鍛え抜いた敬虔《けいけん》なる信徒どもである。こいつらは筋肉だけでなく他者を思いやる心も育てるべきだと思う。

「続いて『技《ワザ》』コーナーから入場！　超聖戦隊セイント・パニッシュの五人です！」

割れるような拍手と歓声。

さきほどのスキンヘッド神父。マスクを被った大男。手に血染めのバンテージを巻いたギザ歯のシスター。酒瓶を傾けている武僧風の爺《じじい》……と、もう一人いるはずだが、他の連中の後ろに隠れていてよく見えない。

イロモノ揃《ぞろ》いなのはいまさら気にしなかった。どうせ勝ちは決まっているのだ。

「まずは私が先鋒《せんぽう》を務めましょう」

と、リングに上がったのはスキンヘッド神父だった。

八百長を提案した本人自らが代表に収まってくれるとは。ゼオとしてもやりやすい。適度に戦う演技をしつつノリを摑《つか》もう。

ゼオはポーズとして拳を鳴らしてリングに上がる。

「いい？　リラックスよ。平常心で臨みなさい」

セコンドのベルカはなんかそれっぽいアドバイスをしてくる。あんまり参考にするつもりはない。

「勇者ゼオ様。このような形で戦うこととなってしまい恐縮ですが――光栄でもあります。ぜひ胸をお貸しください」

試合開始のゴングが鳴る直前、スキンヘッド神父は握手を求めてきた。

悪役《ヒール》とはいえこれ以上揉《も》め事《ごと》の種は作りたくないので、無難にゼオは握り返す、と。

ちくりと痛みが走った。

「だっ……!?」

スキンヘッド神父の手の内には画鋲《がびょう》が仕込まれていた。

「油断したな阿呆《あほう》めッ！」

予想外の痛みに怯《ひる》むゼオの顔に向かって、スキンヘッド神父は口から緑色の毒霧を噴き出してきた。催涙ガスのような刺激にたまらずゼオはのけぞって目を閉じる。

ここで試合開始のゴングが鳴った。

「ま、待てっ！　試合開始前から攻撃してきたぞこいつっ！」

涙目でレフェリーに訴えるゼオだが、レフェリーは「黙って続けろ」とばかりに首を振った。その胸ポケットには分厚い札束が捻《ね》じ込《こ》まれていた。

「魔力使用以外はなんでもありと申し上げたでしょう！　レフェリーの買収も当然想定すべきというものです！」

　スキンヘッド神父はゼオの身を抱えて自軍コーナーへと投げ飛ばした。ろくに抵抗もできないまま宙を舞ったゼオの身を空中で迎え撃つのは、マスクの大男である。

「セイント・ラリアットォ！」

　顔面を丸太のような二の腕でぶち抜かれたゼオは、錐揉《きりも》みしてマットに叩《たた》き付《つ》けられた。完全に二対一の構図だが、レフェリーは沈黙を貫いている。

「ククク……そして当然、事前の情報戦も勝負のうちです。たとえば八百長試合と偽って、相手の油断を誘うという手も。初代勇者様の遺言をお伝えしたいのは山々ですが、やはり我々も聖職者として、信仰《ファイト》に嘘《うそ》はつけません」

　ふざけるな。

　試合の名を借りたリンチだろこんなの。

強会の連中もやはり愚かで醜い滅ぶべき人類だ。ちょっとでもマシな連中と思った自分が馬鹿だった。

そう理不尽に震えるゼオだったが――

「おーい。そろそろ立ちなさい。タオルにはまだ早いでしょ」

「ん……？」

コーナーからのベルカの呼びかけで、気付いた。

衝撃こそ大したものだったが、痛みはそれほどでもない。首が吹っ飛んだわけでもないし、意識もはっきりしている。

「ほう。私たちの初見殺しコンボを耐えましたか」

「ガッデム」

相手は感心していたが、立ち上がったゼオは困惑するばかりである。あそこまでの直撃を喰《く》らって、なぜほとんどダメージがないのか。

一度死んで復活したというわけでもない。ゼオの復活は魔力によるものだ。この会場では魔力使用が感知され次第失格となる。

「だから言ったじゃない。面白い試合になりそうだって――あんた、魔力抜きの身体能力だけなら、それほど雑魚《ざこ》ってわけじゃないんだから」

「え」

「テメェ余所見《よそみ》してんなよッ!?」

今度はギザ歯のシスターが飛び掛かってきた。腕を交差して咄嗟《とっさ》にガードするが、なんと相手は腕に嚙《か》み付《つ》いてきた。よく見たら普通の歯ではなく、セラミックの刃か何かでできているようだった。

「いでででっ！」

痛みもある。皮膚が裂けて血も流れる。だが、それだけだった。

「どういうことだ？　シスター・シャークの嚙み付き攻撃は敵の肉を抉《えぐ》って戦意喪失させる必殺技……なぜ、あの程度の傷しかつかん？」

最前列で戦いを見物していた信徒たちが、困惑しながら立ち上がった。その手には勝敗オッズ表がしわくちゃになるほど固く握りしめられていた。

「助太刀いたすっ！」

さらにゼオの後頭部を爺が酒瓶で殴ってくる。瓶は粉々に砕けたが、ゼオの頭には瘤《こぶ》一つできなかった。

「……俺、頑丈なのか？」

頭を振って瓶の破片を払い落としながら尋ねる。

「あくまで魔力抜きなら、ね。わたしや七傑みたいな高魔力持ちは、素《もと》の肉体もそれに対応するため生まれつき頑丈なんだけど、あんたはゴミみたいな魔力のくせに肉体強度だけ異常に高いのよ。なんでか分からないけど」

そしてゼオは思い出した。

この現代に復活してから連戦連敗、負け癖の雑魚根性がついてすっかり忘れていたが、（そうだった。よく考えたら俺は……魔王だった。人間などとは生物として格が違う。魔力なしの勝負なら人間に負けるはずなどないではないか……！）

ベルカが壊していたマシンもバーベルも、この時代のものだから凄まじく頑丈だったり重かったりするのだと勝手に思い込んでいた。もしかしたらゼオにもあのくらいできたのかもしれない。いや、きっとできたのだ。やっておけばよかった。

もちろん、魔力込みの実力ならその辺の一般人にも劣るという残酷な事実は嫌というほど理解している。だが、今この瞬間だけゼオはその事実を頭から追い出した。

「ふふっ……どうした？　強き者どもの会。強会ともあろうものが、とんだ名前負けだな。この俺にまともなダメージのひとつも与えられんのか？」

千年ぶりの余裕&強気。

腕に噛み付くシスターを易々《やすやす》と振り払って、わざと両腕を広げ無防備な構えを取ってみせる。

「ぬるい。ぬるすぎる。俺を誰だと思っている？　俺はまお……うを倒す勇者だぞ？　貴様らのごとき卑劣漢に負けるような鍛え方はしていない。ははは、どうした怖気《おじけ》づいたか？」

テンションが上がってきた。

今までのストレス発散だ。弄んだ上で蹂躙《じゅうりん》してやる。

「ざけンなっ！」

と、正面からギザ歯シスターが金的を蹴り上げてきた。

おぅん、と唸《うな》ったゼオは息を止めてその場に蹲《うずくま》る。

「レフェリー！　今だ！　早く勝利宣言を！」

スキンヘッド神父に促されて悪徳レフェリーが試合を打ち切ろうとするが、

「試合終りょっ……」

ゴングを鳴らす直前に泡を吹いて倒れた。ベルカがレフェリーの背後から渾身《こんしん》の殺気を放って気絶させたのだ。

「さあ！　レフェリーは急病につきダウンよ！」

「ひ、卑怯《ひきょう》なっ……！」

「お前らが言うな」

がしっ、と。金的へのダメージから復帰したゼオは、スキンヘッド神父の頭を鷲掴《わしづか》みにした。

「全員ボコってギブらせてやるからなぁ！」

スキンヘッドをジャイアントスイング。竜巻のごとき旋回を起こし、マスク男もギザ歯シスターも酒瓶爺もなぎ倒す。

その爽快感たるや。

（ああ、これだ……。こういうのがやりたかったんだ……。やはり俺こそ魔王……！）

スイングしながらゼオはちょっと目を潤ませていた。最初の毒霧が沁《し》みていたせいでもあるが。

敵を一掃した後、ゼオはスキンヘッドをリング外に投げ飛ばす。

ぱしぱしと手を叩《たた》き合《あ》わせて、

「ふう。これでゴミ掃除は完了だな。終わってみればつまらんものだ。俺の圧勝ではないか」

また暇があればここに遊びに来よう、とゼオは思う。

現代に復活して初めて自尊心というものを取り戻せた気がする。まさか教会に感謝する日が来るとは。素晴らしい宗教改革をしてくれたものだ。

「なんだあいつ、セイント・パニッシュの四人をあそこまで簡単に……」

「しかも武器も買収も使わないで……！」

「糞試合《くそ》。金返せ」

好き勝手な感想を述べるギャラリーたち。

ともあれこれで一件落着である。勇者の遺言を聞いてとっとと家路に就こう。

「まだ、勝負は終わっていません」

声に振り向けば、スキンヘッド神父が息も絶え絶えにリング際に戻ってきていた。

「ふん。おとなしく寝そべっておけば勘弁してやったものを。気絶するまで殴られたいか？」

「いいえ。私では貴方《あなた》に遠く及ばないようです。しかし、我らセイント・パニッシュには最後の一人がまだ残っている——シスター・ルリ」

「ひっ」

ぴょこんと敵側コーナーの近くで何かが跳ねた。

見ればそこに、筋肉質でもなければ戦意もなさそうな、ごく平凡な年若いシスターがいた。

「私はもう限界です。交代のタッチを願います」

「むむむ、無理です無理です！　私はただの数合わせなんですから！　出なくていいって
みなさん言ったじゃないですか！」

　頭がもげるのではないかというほど激しく首を振るシスター。ショートの金髪が左右に
振り乱れる。

「シスター・ルリ。今ここに試合終了を告げるレフェリーはいません。あなたが戦いを拒
んでも、あの残忍な敵はきっと問答無用で襲い掛かってくるでしょう」

「ひぃっ。そんな怖いこと言わないでください」

「戦うのです。さもなくばすべてを奪われ、壊されます。あなたが日々の信仰で培ってい
る、魔王を憎む心を思い出すのです。奴《やつ》を魔王だと思うのです……」

「うう、魔王怖いよう……」

「おい」

　見かねてゼオは口を挟んだ。

「そんな腰抜けを相手にするつもりはない。小娘、戦うつもりがないならさっさと失《う》せろ」

　しっしと手を振る。シスター・ルリは自分の身を抱いて震えている。

「ゼオ、気を付けなさい」

「あん？」

「他の四人は前座よ。あのシスター・ルリだけには全力で当たりなさい。ちょっとでも油断すれば死ぬわ」

「冗談か？　あんな臆病女の何を警戒する必要がある――」

いきなり鳥肌が立った。

圧倒的な殺気を感じ、ゼオは戦慄しながら振り返る。

そこには、ブツブツと何か独り言を呟《つぶや》きながらリングに上がってくるシスター・ルリの姿があった。

「……魔王。怖い。だから。殺す。殺せばいない。いなくなる。怖くない」

泥酔しているような千鳥足で、ふらふらとこちらに近づいてくる。

「あなたは……魔王ですか？」

とろんとした。まるで夢でも見ているかのような虚《うつ》ろな瞳。

本能が危険な相手だと告げている。だが、魔王としてのノリを取り戻していたゼオの心は、ここで怯《ひる》むことを良しとしなかった。

「だったらどうする」

「いなくなってください」

猛烈な勢いの正拳が来た。

咄嗟に交差させた腕で受けるが、とても止め切れる威力ではなかった。

防御を抜けてきた衝撃が肺腑《はいふ》にまで届き、そのままリングのロープ際まで吹き飛ばされる。

「が、ぁっ……！」

喘《あえ》ぐ呼吸で肺に酸素を取り戻し、ゼオはロープを握りながら立ち上がった。危なかった。寸前で身体の軸を逸《そ》らして受け流さなければ、内臓の一つは破裂していたかもしれない。

「彼女は七傑の一人【暴力】のルリ。普段は品行方正かつ臆病なシスター・ルリの中に潜むもう一つの凶暴な人格よ。危機的状況に陥ったときだけ表に出てくるわ」

「こいつも七傑かよ！　先に言え！」

「七傑ついでに現強会の女強皇よ。主人格のシスター・ルリは一切そのことを知らないけど」

ふしゅーっ、と七傑ルリは蛇のような息を吐いている。

ゼオでもギリギリ攻撃を凌ぎ切れたくらいだ。

しかし、雰囲気の恐ろしさとは裏腹に、その身から一切の魔力は感じられない。

「……本当に強いのか？　あいつは」

「単純な破壊力だけでいえばルリは七傑最弱ね」

「ああ、やはりか。確かに単純な腕っぷしは強そうだが、今までの七傑の連中に比べたらそこまで俺と差は感じない」

そう言いながら思い出したのは、七傑のディケンド。尻の拭き方を覚えていない男である。これまで六人の七傑を目の当たりにしたが、やはりあいつだけ方向性が違う。

「でも七傑で唯一、わたしに勝ち目があるのはルリだけ。そのくらいの脅威と考えなさい」

「どういうことだ。お前は人類最強なんだろう？」

「覚醒時のルリは触れたものの魔力をことごとく無効化する特異体質を持ってるのよ。その上で肉体強度はわたしに匹敵するレベル。前にわたしが七傑全員と決闘したときは、空気を殴った衝撃波《ソニックビーム》で物理的にノックアウトしたわ。他の誰より最優先で」

インチキじみた能力だ、とゼオは思う。

強会は魔力に頼らぬ力を崇《あが》めているという。無意識下の狂信的な人格が、それに相応《ふさわ》しい能力を発現させたのだろうか――

「っとぉ！」

悠長に考えている暇はなかった。

一瞬前までゼオが立っていた場所に、跳躍したルリが強烈な踵《かかと》落としを見舞ってきた。

その破壊力たるや。リングを貫通して大穴を開けるほどだ。

（だが、対抗できんわけではない……！）

バックステップで回避しながらゼオは拳を握り直す。

ゼオにも魔王としての実戦経験がある。魔力のハンデを考えなくていいなら、互角以上にやれる。

「なんで逃げるんですか……？　避《よ》けないでください……早くあなたが死んでくれないと、終わらないじゃないですか……」

亡霊のように佇《たたず》むルリ。

正気を失っている状態のためか、動きは単純かつ直線的だ。

紙一重で回避してカウンターを叩《たた》き込《こ》む。顎に一撃ヒットさせて脳を揺らすことができれば理想的だ。

ルリの身が揺れる。突進の予備動作。今だ――

「れっ？」

そこでゼオはバランスを崩した。回避のために摺《す》り足《あし》をした瞬間、ぬるりと床が滑ったのだ。

斜めに倒れゆく視界の中で、足元を見て気付く。

――リングの床がローションでヌルヌルになっていた。

スキンヘッド神父がリング脇から水鉄砲で撃ち込んでいた。

「貴様ぁ！」

「これぞ団結の力！　今です強皇様！」

この状況では回避しようもない。

猛烈な勢いで突っ込んできたルリの拳が、まっすぐにゼオの胸部を打ち抜いた。

肋骨《ろっこつ》が砕け、心臓が弾ける。

しかも――今までと違って、肉体が治癒しなかった。

死を迎えんとするたび、ゼオの身を癒《いや》す正体不明の魔力。ルリの拳はそれをも無効化して、紛れもない致命打を与えていた。

喉の奥から鉄臭い液体がこみ上げてくる。

（まずい……！）

死を目前に引き延ばされる時間感覚。世界のすべてがスローモーションになる。

「やばっ！」

コーナーからセコンドのベルカが飛び出してきた。不可視に近い速度のはずの彼女の一挙手一投足が、不思議とよく見える。

「あはっ。魔王、死んだぁ……」

異常な目で嗤《わら》うルリ。ギャンブルの勝敗の行方に総立ちとなる信徒《ギャラリー》。闘技場の天井から降り注ぐライトの光。

意識が遠のいていく。視界が暗転していく。どこまでも昏《くら》い冥府の闇が見える。千年間を過ごした、うんざりするほど懐かしい暗黒の海が。

破裂した心臓の細胞が僅かに蠢《うごめ》いた。

再生しようとしても、魔力無効化の能力によってすぐさま阻害されてしまう。それでも流れ込んで来る魔力は、とめどなくゼオの身を癒そうとしてくる。

いくら消されても。無効化されても。それは決して勢いを緩めない。

ゼオを決して死なせまいと、無尽蔵といえるほどの魔力がひたすら流入し続ける。ゼオが死に近づけば近づくほど、流れ込んで来る魔力の奔流は巨大なものとなっていく。

流入の勢いを際限なく増し続ける魔力はそして、

弾けた。

ゼオの身から濁流のごとき黒い魔力が噴出した。

もはや、ルリの魔力無効化すら相手にならない。底の見えない膨大な魔力が噴火のように直上へと放出され、闘技場の天井をそのままぶち破った。穿《うが》たれた天井から覗《のぞ》く満天の星々の中に、魔力の奔流は昇り消えていった。

濁流をまともに浴びたルリが吹っ飛んで倒れる。

ゼオも暴発の反動でリングの床に叩《たた》き付《つ》けられ動かなくなる。

会場は沈黙した。

人類最強のベルカすら警戒するというルリ。そんな彼女の無効化能力をもゴリ押しで突破するほど、馬鹿げた規模の魔力が放出されたのだ。

「し……失格だ！」

やがて観客の誰かが声を発した。

凶器も買収もアリだが、この強会ルールにおいて魔力の使用は絶対の禁忌。ゼオの敗北は決したかに思えたが、

「……お待ちください」

異を唱えたのは、スキンヘッド神父だった。

「この闘技場では、信仰者《ファイター》の魔力使用が感知されれば自動的に失格となります。そのための観測機器も設置されている——ですが今の魔力は、勇者ゼオ様のものではありませんでした。無論、シスター・ルリのものでもなかった」

「わたしのでもないわよ」

弁明するようにひらひらとベルカが手を振る。

「ゼオ様。今の魔力はいったいなんだったのですか？」

「……」

ゼオは答えない。というか、

「あっ。こいつ白目剝《む》いてる」

放心状態で半ば意識を失っていた。

それに気付いたベルカがボトルの水をぶっかけて起こす。

「ぶはっ！　なんだどうした！」

「こっちが聞きたいわよ。今のとんでもない魔力は何？」

「魔力……？」

「ルリのクリーンヒット貰《もら》った後、あんたの胸のあたりから黒い魔力の渦が噴き出してきたのよ。覚えてない？」

未《いま》だ意識は朦朧《もうろう》としている。正直、今回こそ本当に殺されたかと思った。

実際、魂が冥府の闇に落ちかけたところまで覚えている。

（いや、そうだ。あのとき……）

ゼオの魂は冥府に還《かえ》りかけた。その途端に、まるで海嘯《かいしょう》のように冥府から魔力の逆流が生じ、ゼオの魂を現世に押し返してきたのだ。ゼオの胸から生じたという魔力の渦は、その逆流の余波だろう。

(冥府が俺の魂を拒絶しているのか……?)

冥府とはあらゆる魂が還りゆく場所である。輪廻《りんね》を流転する個々の魂を雨粒とするなら、冥府は雨粒が流れ着いた果てに生じる大海。その性質上、冥府は『一つにまとまった巨大な魂』と定義することもできる。

つまり、ある種の意志がある。

人間のように高等な意識活動ではない。ゼオは千年間の実体験も踏まえ、その生態を一種のアメーバのようなものだと解釈していた。現世から落ちてきた魂を貪欲に喰《く》らい、不純物を消化して純粋なエネルギー体として吸収する。

不純物とは個々の魂が持つ意識や記憶だ。

ゼオはあまりにも長い間、不純物として冥府にあり続けてしまったのかもしれない。

高等な意志を持たぬはずの冥府は、それでも明確な拒絶の感情をもってゼオの身を現世へと押し返してきた。

(となると、つまり……)

　これまで致命傷を負うたびに生じていた再生現象は、すべて冥府がゼオの魂を拒絶した結果だったのだ。無限に等しい冥府の魔力がゼオを強制的に現世へと押し返すのだから、不死じみた存在になるわけである。

「もしもし？　大丈夫あんた？　まだ寝ぼけてる？」

　一人でそこまで考えたところで、正面のベルカが怪訝《けげん》な顔で覗《のぞ》き込《こ》んでいた。

「お、おう。大丈夫だ」

「で、さっきの魔力はなんだったの？」

「それはだな……」

　まさか詳細を説明するわけにもいかない。魔王ゼルフェリオの未熟な蘇生《そせい》魔術——始祖蘇生魔術の効果などといえば一発アウト。ロケット磔刑《たっけい》からの宇宙追放だ。

「そ、そうだ。神の加護というやつだ。俺は勇者だからな」

　咄嗟《とっさ》にゼオは適当なことを言った。

　勇者に神の加護があるというのは千年前からの常識。しかもここはそういう理屈が好きそうな教会、もとい強会の本拠地だ。これなら誤魔化《ごまか》せると思ったが、

「それは承服いたしかねます」

　反論してきたのはスキンヘッド神父だった。その後ろにはマスク大男、ギザ歯シスター、

酒瓶爺《じじい》も並んでいる。ルリはまだ会場の隅で転がっている。

「えっと、承服できないって、何が」

「此度《こたび》の儀式は神になんら悖《もと》ることのない、尋常にして聖なる勝負でした。人間同士の勝負に、公正なる神が介入することなどあり得ないことです」

曇りのないまっすぐな瞳で神父は断言してきた。

なるほど。正々堂々の勝負に横槍《よこやり》を入れるなど無粋。偉大なる神とやらがそんなことをするわけないと言いたいのだろうが――

「だってお前ら、いきなり毒霧とかリンチとか凶器攻撃とか審判買収とか情報戦とか、やりたい放題にも程があったじゃん……」

少なくとも神がまともな感性を持っていたら即・没収試合にすると思う。

「……神はああしたファイトスタイルを好まれないと？」

「好きか嫌いかでいうと、まあ嫌いなんじゃねえかな」

もしもあれを好む神がいたら間違いなく邪神の類《たぐい》だ。崇拝に値しない。

衝撃を受けた様子の神父は、ややあって天井に開いた大穴から夜空を仰いだ。

「……かつて我々は、信仰決闘において銃火器を使用していた時代もありました」

懺悔《ざんげ》のように語り出すスキンヘッド神父。

「懐かしいものです。リングの下に爆弾を仕掛けておき、相手の入場と同時に爆破するという戦法も大流行しました。ですがそうした試合《ファイト》を続けているうち、我々は大事なものを失っていることに気付いたのです」

「もっと早く気付けよ……そうだよ。人として最低限のモラルとか」

「興行収入です」

ゼオは膝から崩れ落ちかけた。

「一秒未満で終わるなど塩試合もいいところ。祭壇《リング》は連日ガラガラの閑古鳥。毎回のように爆弾で吹き飛ぶリングの修繕費用すら捻出できない事態となり、強会は存亡の危機に立たされました。今にして思えばあれは、神意を解さぬ蒙昧《もうまい》な我々への天罰でもあったのでしょう」

「もうあんまり長々と聞きたくないから、話の要点だけ纏《まと》めてくれない？」

「その後は凶器の殺傷力を抑えることで信仰にエンタメ性が増し、信徒も興行収入も増加しました。スポンサー収入も増えました。放映権料も。この増収増益はすなわち神の御心《みこころ》に適《かな》った証拠――だと思っていたのですが、まだ改革が足りなかったのですね」

ゼオの言葉などまったく意に介さず、スキンヘッドは自嘲気味に微笑《ほほえ》んだ。

「真っ向からの徒手格闘《ステゴロ》こそ至高。勇者ゼオ様と、奇蹟《きせき》による乱入をなされた神よりの啓示として、新たな教義を刻もうと存じ上げます」

そう言って、試合の負けを認めるようにスキンヘッド神父は手を差し出してきた。

そこにもはや害意も敵意も宿っていなかったのでとりあえずゼオは握り返したが、普通に仕込み画鋲《がびょう》がまだ残っていた。

ぎゃあっと叫んで手を引っ込めるゼオに、馴《な》れ馴れしくセイント・パニッシュの他三名も絡んでくる。

「ヘイ、ナイスファイト。ナイスファイト」

「やるなァお前。またやろーぜ」

「酒でもどうかね」

調子のいい連中だとは思うが、悪い気はしない。久しぶりの勝利体験でゼオはちょっと魔王としての自信を取り戻せたのだ。

強会《こいつら》にはサンドバッグ役として今後もせいぜい役立ってもらうとしよう。

「それでは勇者ゼオ様。初代勇者アルズ様より託された遺言をあなたに伝えたいと思います。こちらに」

「あっ、そうか」

そうだった。本題はそれだった。不死身の肉体の秘密が解けてそちらに夢中になっていたから、危うく忘れるところだった。

スキンヘッド神父に促されるままついていく。

階下に続く昇降機に乗ろうとしたとき、背後から呼び止められた。

「あ、あのっ」

振り返るとそこにいたのはシスター・ルリだった。ゼオはぎょっとするが、もう元の人格に戻っていた。

「すみません！　私、試合途中に貧血で倒れちゃったみたいで……！　でも、勇者様が勝ったのですね？　おめでとうございます！」

「……うん、まあ、お大事に」

あんまり近寄りたくないのでゼオは一歩引いた。

ただ、ふと思いつく。

「お前、魔力を打ち消す能力って普段から使えるのか？」

「魔力を打ち消す……？　なんのことでしょう？」

「いや、忘れてくれ。変なことを聞いてしまった」

豹変《ひょうへん》したルリは恐怖以外の何物でもなかったが、あの無効化能力はかなりの有用性だったといえる。なんせ冥府からの魔力逆流をあの無効化能力でわざと阻害すれば、溜《た》めに溜めた上で暴発させることができると分かったのだ。

ダムを設けて意図的に決壊させるような感じだ。

もちろん課題はある。どれだけ強力だろうと一撃をぶっ放せば終わりだし、放った直後はゼオも意識が朦朧としてしまった。一発限りの砲台みたいな能力ではとても人類と対等に戦えない。

と、小声で神父が囁いてくる。

「ゼオ様。シスター・ルリに多重人格《あのこと》を話すのはどうかおやめください。彼女の精神は繊細なガラス細工のようなもの。ひとたび均衡が崩れれば、取り返しのつかない事態となるおそれがあります――たとえば人格が強皇様モードから戻らなくなったり」

「分かった」

ゼオは即答した。あんなものを野放しにしていいわけがない。寝た子は起こさないに限る。

「勇者様っ」

昇降機に乗り込んだゼオの背に、またシスター・ルリが呼びかけてくる。

「どうかご武運を！　こちらもお見送りの準備をして待っておりますので……！」

「ルリ。それはまだ気が早いというものですよ」

「いいえ！　聞けば私が気絶している間に、勇者様は神よりの奇蹟を見せてくださったとのこと！　これはもうお見送りを決行するしかありません！」

「気持ちは分かりますが……」

たかが見送るか否かに、ずいぶんと難儀しているようだった。

「おい。見送りなどどうでもいいから勇者の遺言を早く聞かせろ」

「はっ、承知しました……ルリ、決して先走ってはなりませんよ」

じろりと念を押してから、スキンヘッド神父は昇降機の扉を閉じる。

「じゃあ他の人もいなくなったところで、勇者の遺言の詳細を聞かせてもらえるかしら？」

と、気付いたら昇降機の中にベルカも乗り込んでいた。いつの間に滑り込んできたのか。凄《すさ》まじい超スピードである。

「ベルカ様、しかし……」

「わたしはこいつの師匠だから、知る権利はあるはずよ」

スキンヘッド神父はしばし悩んでから「では私の知る範囲で」と切り出した。

「初代勇者アルズ様は、この聖地の地下に魔王の真なる力を封印したのです」

＊

強会の地下へ通じる階段は、どこまでも深かった。

壁面や段がコンクリート製だったのは最初だけ。途中からは苔《こけ》まみれの石積みとなった。ゆうに建てられて数百年――いや、千年近く経《た》っているものかもしれない。

階段が終わると、今度は平坦《へいたん》な地下通路となる。ゼオたちが一歩を進むたび、行く先のランプが一つ一つ灯《とも》っていく。

そこでゼオの鼻は、ごく微《かす》かな死の残り香を嗅ぎつけた。

「骨の匂いがする。この奥は地下墳墓《カタコンベ》か？」

「よく分かりましたな」

唐突に開けた場所に出た。

四方を石壁に囲まれた空間。壁は棚のように段組みされており、そこに無数の頭蓋骨が安置されている。

「ここに勇者の骨があるのか？」

「いいえ。初代勇者様は晩年、死出の旅に発《た》って行方知れずになったとされています。遺体は現存しておりません――ですが」

スキンヘッド神父は地下墳墓の空間の、ちょうど中心点に立った。

そして胸に手を当て、祈りの姿勢を見せる。

「聖地にて魔力を使うことをお赦《ゆる》しください」

彼が手に魔力を込めて床に触れると、地鳴りが起きた。

天井に隠されていた滑車が回り、ガラガラと鎖を巻き上げ、壁の一部を開けて通路へと変貌させる。

「この奥の空間は、千年前に初代勇者様が築かれた遺構です。強会はここを聖地と指定することで、みだりに遺構が荒らされぬよう敬虔かつ厳正に管理し続けてきたのです」

「敬虔かつ厳正……？」

この真上で定期的にデスマッチを開催していることは、果たして冒瀆《ぼうとく》にならないのだろうか。

「伝承にはこうあります。『我、この先に魔王の真なる力を封じる。封じたままにするは容易《たやす》くも、彼の者の真なる力を知らずしては、また真なる勝利もなし。相対する覚悟ある次代の勇者のみ、先に進め』と」

「魔王の真の力、か……」

「封じたままにすべきとの意見もあります。ですが初代勇者様の意を尊重するならば『真の力を知らずしては、また真なる勝利もなし』という戒めを優先すべきでしょう」

本当に千年来の年季が入っていそうな遺構。

いかにも何かありそうな雰囲気。

そんな状況でゼオはこう考えていた。

（俺の真なる力ってなんだ……？　心当たりがないぞ……？　また変な過大評価か？）

ゼオ本人としては別に何も封じられている自覚がない。相対的に弱くなったものの、ゼオ自身の実力は変化していない。なんなら不死性がプラスされた分、以前より少し強いくらいだ。

考え込むゼオの顔を覗《のぞ》き込んだベルカが怪訝《けげん》そうに言う。

「あんた、まさかビビってるの？」

「ああいや、そんなわけじゃ」

「じゃあ早く行ってきたら？　もしとんでもないのが出てきたら、わたしもバックアップしたげるから」

急《せ》かすようにベルカが手を振る。

その顔には興味津々という本音がありありと見えていた。『なんかすっごい化物とか出てこないかな』と言わんばかりに、ソワソワと昏《くら》い通路の奥を見据えている。

「うふふ、もしもここで魔王が早期復活したらどうしようかしら……まだギリギリ変身可能年齢だし、私が出張って倒しちゃうのもアリね。エクスキューション☆ベルカちゃん（11）なら歴史の教科書の表紙を飾ってもギリギリ恥ずかしくないわ」

都合のいい妄想を語るベルカを無視して、ゼオは隠し通路に一人で踏み入った。

あいにくとこの奥に魔王が控えているなんてことはあり得ない。なぜなら魔王はここにいるからだ。

黴臭《かびくさ》い空気が充満している。ランプもないので指先に簡単な魔術で炎を灯す。

進んだ先は、行き止まりだった。

いや、壁にはこう書かれている。

『聖剣の選んだ勇者を除き、何人《なんぴと》たりともこの壁を破ってはならない』

ゼオは息を呑《の》んだ。それは、他でもない初代勇者アルズの筆跡だった。

（奴《やつ》は虚栄のために嘘《うそ》をつくような俗物ではない。ならば……この奥には本当に俺の力が眠っているということになる）

まさか。

始祖蘇生《そせい》魔術が与えるという『不死の肉体』と『無限の魔力』。今のゼオに備わっているのは『不死の肉体』のみだ。

まさかこの向こうに魔王が『無限の魔力』を得るために必要な何かが眠っているのか。

（……そうだ！　きっとそうに違いない！　なんかよく分からんが、あいつが俺すら知らぬ俺の力を見抜いてここに封印したのだ！　信じているぞ初代勇者アルズ！）

俄《にわ》かに急上昇してきたテンションのままに壁を殴り砕いた。

多少は頑丈に作られていたようだが、所詮は千年前の低レベルな建造物である。魔王の拳にかかれば薄紙を破るも同然の脆《もろ》さだ。

壁の向こうには手狭な空間があった。やはり照明はない。真っ暗闇の中に指先の炎をかざして様子を窺《うかが》う。

そこは書庫だった。

「……これは」

そしてそこに並ぶ書物の背表紙をちらと見ただけで、ゼオは高揚していた気分が急激に盛り下がるのを感じた。

あれも、これも。

どの書架を照らしてみても、見覚えのあるものばかりだった。

「は、はは……なるほどな。魔王の真なる力、か。そういうことか」

書架に並んでいるのはすべて、かつて魔王ゼルフェリオが自ら書き記した魔導書だった。

言うまでもないが、この時代においては何の価値もないゴミである。

黴臭い空気を肺の奥まで吸い込んでため息。

「まあ……そうだな。そう都合よく始祖蘇生魔術について何か詳しい情報があるなどと
……期待する方がおかしかったか」

初代勇者の対策もあながち的外れというわけではない。

千年前の世界においては、この魔導書はさぞ脅威だったろう。

なんせ当時の人間どもは感覚と経験則でしか魔術を扱えていなかった。神の奇蹟《きせき》だと信じて疑わない盲信的な姿勢の者も多かった。

そんな中で、魔王ゼルフェリオは魔術を一定の法則性に基づく現象として体系化した。

魔力と式さえ揃《そろ》えれば、誰がやっても何度やっても同じ結果が得られる明確な術理として。

当時の人類が扱う不安定な魔術と違って、魔王ゼルフェリオは常に高い精度で魔術を行使し続けた。単純な魔力量以上に、魔術への理解という段階から人類と魔王の間には大きな格差があったのだ。

──あくまで当時は。

「ああちくしょう！　いまさらこんなもの……恥もいいところだ！」

ゼオは書架から一冊を抜いて、八つ当たりがてらバラバラに引き裂いて床に散らした。

書かれている術も大したことはない。もともと情報漏洩《ろうえい》防止のため、秘術の類《たぐい》は書に残さなかったのだ。魔導書として残っている時点で、千年前においても価値がなかったというのは明白だ。

水をお湯に沸かす術。小さな傷を塞ぐ術。冬場の静電気を防止する術。芋枯れ病を防ぐ術。背中の痒《かゆ》いところが痒くなくなる術。

実際バラバラになって床に散ったページに書かれているのは、そんな下らない魔術ばかりだった。

これらは魔王ゼルフェリオが編み出したところの基礎魔術に相当する。

共通する効果は『状態の変質』。

たとえば前述の魔術群なら『水→お湯』『傷ついた身体→無傷の身体』『帯電状態→非帯電状態』『連作障害土壌→改良土壌』『神経興奮→神経沈静』といった風に表現できる。

発動に必要な記述要素はたった三つ。【対象物（水）設定】【変質要素（温度）の設定】【変質要素定義（温度＝熱エネルギー保有量）】だけだ。

乱暴な話『状態○を状態×にする』という事象を発現させたいなら、大抵はこの基礎魔術で事足りる。ただ、複雑な術になると変質要素定義が死ぬほど面倒になる（三要素を分解して三つの円陣で描くと、変質要素定義だけ他二つの百倍以上のサイズになる）

この単純化方式を思いついた当時は「ついに俺は魔術の深淵《しんえん》を極めたのだ！」とはしゃいだものだ。結局、蘇生魔術や転移魔術などの高等魔術は状態変化の枠内では処理しようがないので、その後に四苦八苦して新たな形式を考案したりしたが。

当時の魔王ゼルフェリオがどれだけはしゃいでいたかというと、

『魔王ゼルフェリオのワンポイントアドバイス！　魔術式に魔力を流し込む際、式の命令に従って巡る魔力の振る舞いをよく観察してみよう！　その流れを自力で再現できるようになると、式の記述や発声といったプロセスを省略できるようになるぞ！　ノーモーション無詠唱魔術でゴミどもに格の違いを見せつけてやろう！』

文面から有頂天のウキウキ感が伝わってくる。

この後、人類にノーモーション魔術を見せつけて魔王ゼルフェリオは超楽しんだはずである。今日のリングでゼオが蹂躙《じゅうりん》を超楽しんだときのように。

それにしても当時の自分はどんな馬鹿面でこの一文を書いたのか。あまりにも知性が感じられない。まったく覚えがないから、酒でも飲みながら悪ノリで書いたのかもしれない。

書庫はそう広くない。

魔王ゼルフェリオとして書き記した魔導書はそこそこ多いが、それでもたかが一人が書ける書物の量など知れている。書架にはまっとうな書物だけでなく、メモ書きの屑束《くず》みたいなものもあった。もしかすると料理レシピなんかも混じっているかもしれない。

「しかしあいつも、よくここまで集めたものだ……」

勇者の執念に半ば感心する。

魔王ゼルフェリオの隠れ家は複数あったが、それを徹底的に探し出してこれらの書物を回収したのだろう。

実家に帰ってきたような気分がしないでもなかったが、書架を眺めたゼオはさっさとやるべきことを決心した。

「燃やすか」

証拠隠滅である。

こんな低レベルな研究が人類に知れれば魔王としての沽券《こけん》に関わる。これからゼオは恐怖の魔王として（いつになるか分からないが）返り咲く予定なのだから、こんな黒歴史は葬り去っておかねば。

ゼオは書架から手当たり次第に書物を引き抜き、燃えやすいように一ページずつ千切って床に撒《ま》いた。

部屋中に紙が敷き詰められたところで、手を構えて魔力を充塡《じゅうてん》する。

「はっ！」

一面に炎が迸《ほとばし》った。燃えやすいように紙を広げていただけあって、火の手は迅速だった。あっという間に書庫は火の海となり、ゼオは背を向けてその場から去る。

と、足を止めた。

この時代の連中なら灰からでも文書を復元しかねない。酸欠に注意しつつ、あらかた文書が燃え尽きたころを見計らって――

指をぱちんと弾く。

炎に対して追加命令。さらなる魔力を注ぎ込まれた炎は爆轟を伴って炸裂《さくれつ》し、古びた石積みの天井をガラガラと崩落させていく。さらに最後《さいご》っ屁《ぺ》のように掌《てのひら》から火球を放って何発も書庫にぶちまけたゼオは、爆炎を背後に通路を舞い戻った。

「おお！　ゼオ様！　よくぞご無事で！」

戻ってきたゼオの姿を認めるや、スキンヘッド神父は跪《ひざまず》いて祈りの手組をした。

「無傷ってことは、戦いがあったわけじゃなさそうね。奥に何があったの？」

「……まあなんだ、その、魔王の遺《のこ》した魔導書がたくさん」

「大収穫じゃない！　どんな術があったの？」

ゼオはしばし沈黙。それから正義の勇者っぽく厳かな表情を作って、

「どれもこれも、あまりに危険な術だった……。残虐かつ凄惨。とてもこの世に出していいものではないと判断して——すべて燃やし尽くした」

「え、もったいな」

ベルカが不服そうに唇を曲げた。

「いくら残虐でも凄惨でも威力があるなら利用価値アリアリでしょ。どうせなんだから魔王にそのままぶつけてやればいいのに」

「あのな。魔王が開発した術が魔王に通じるわけないだろ」

「分かってないわね。そういう術の中には、得てして魔王すら持て余した禁術が隠れているものなのよ。それをあんたが完璧に習得すれば『馬鹿な！　この我すら持て余したあの力を、なぜ貴様ごときがぁ！』って魔王が吠え面《ほづら》かくに違いないわ」

そんな術はなかったし、そんな展開もあり得ない。

ちょくちょくベルカはこういう安直な妄想を繰り広げてくる。

「そうだとして、魔王すら持て余した術を俺が習得できると思うか？」

「できるんじゃない？」

「ノリが軽いな……」

ゼオはぼやく。ベルカは「そう？」と首を傾《かし》げた。

「だって実際あんた、わたしの変身術も一目見ただけで——」


そのとき、地下墳墓が大きく揺れた。


パラパラと土くれが天井から降り注ぎ、壁に亀裂が走る。

「なんだ？　どうした？」

慌てるゼオに対し、ベルカは平然と上を向いた。

「上で何かあったみたいね。飛び跳ねてお祭り騒ぎでもしてるのかしら？」

「いえ」

スキンヘッド神父が表情を強張《こわば》らせる。

「揺れに伴って相当な魔力を感じました。強会の者たちが教義に背いて、この地で魔力を行使するはずがありません。外部の者が何か……よからぬ予感がします！」

スキンヘッド神父は首に提げた拳型のペンダントをぎゅっと握りしめて駆け出した。ベルカがすぐにそれを追い、ゼオも最後に走り出す。

地上で何があったかはどうでもよかったが、地下墳墓が結構本格的に軋《きし》み始めたからである。必死に階段を駆け上がる。

地上へと通じる階段が、土砂に埋もれて塞がっていた。

「吹っ飛ばすわ。いいわね？」

ベルカが魔力を収束させて手を翳《かざ》す。他に手段はない。神父も承諾するように頷《うなず》いた。

轟音《ごうおん》。

真っ白な魔力砲が土砂をすべて抉《えぐ》り、地上への通路を切り拓《ひら》く。

ベルカが穿《うが》った穴を這《は》い上《あ》がって辿《たど》り着いた地上は――変わり果てていた。

まず、強会のビルが消えていた。ただの焼け焦げたクレーターと化し、そこに建造物があったという名残すら窺《うかが》わせない。さきほどまでと同じ場所とは思えなかった。

そして、クレーターの中は死屍《しし》累々だった。

聖職者も信徒も、七傑であるシスター・ルリまでもが一人残らず倒れ伏している。【聖剣選定の儀】でマグマに落ちた連中と同様、ほとんど素っ裸の姿で。

「いったい、何が……」

狼狽《ろうばい》する神父に、焼け跡を指でなぞって調べているベルカ。

ゼオはそれに歩み寄って尋ねる。

「どういう事態だこれは。隕石《いんせき》でも降ってきたのか？」

「それに近いわ」

冗談のつもりが、返ってきたのはまさかの肯定だった。

「【護光】よ」

「【護光】……？」

どこかで聞いた覚えのある単語にゼオはしばし唸《うな》り、

「ああ、思い出した。飛行船のモニターが喋《しゃべ》っていた魔王迎撃兵器群の……確か衛星照準型レーザー兵器、などと言っていたな」

「ええ。軌道上から文字どおりの光速で収束攻撃を放つ最新鋭兵器。シスター・ルリが暴走モードになる暇を与えず、超遠距離攻撃の不意打ちで鎮める。合理的な攻略法ね……」

「待て。あれは魔王退治用だろう？　なんで強会を狙ってくるんだ」

そこまで言ってゼオははっとなった。

もしかすると、何かの拍子でゼオの正体がバレてＲＥＸが現在地のここを狙ってきたとか。

しかし、すぐにそうではないと分かった。

大穴から吹き抜ける夜空に、モニター付きの飛行船が浮かんでいる。

その飛行船は、まるで緊急事態を告げるように赤いライトを点滅させ、大音量でサイレンを響かせ始める。

モニターに映し出されたのは、黒い長髪を肩口に揺らした女性である。歳《とし》はかなり若く、まだ二〇にも届いていないかもしれない。

白衣を身に纏《まと》い、決然とした表情でモニターから下界を睥睨《へいげい》している。

「……そう。【護光】の制御を乗っ取るなんてまさかとは思ったけど、生きていたのね」

ベルカが白衣の女性を見上げて呟《つぶや》いた。

画面の中の女性は少しだけ瞑目《めいもく》して、静かに頭を下げる。

『こんばんは。前線都市デザルタの皆さん。私はブラウニーと申します』

飛行船のさらに上方。星を映す夜空に無数の紅点が灯《とも》る。

『そして、さようなら』

直後、数万発のレーザーがデザルタの街に降り注いだ。

鬱蒼《うっそう》とした森の中を、一人の少年が歩いている。

身に纏っているのは擦り切れた襤褸《ぼろ》布一枚。虚《うつ》ろなその瞳は何の意志も宿しておらず、ただ死に場所を求めて彷徨《さまよ》っているようにも見える。

少年が歩を進めると、たちまち行く手の木々が枯れていく。

これは生まれつき少年が宿した業だった。周囲のあらゆるものから命を奪ってしまう。歳を重ねるにつれその力は増し、やがて人里にいられなくなった。

怒りも恨みもない。

命を脅かす者を恐れるのは当たり前のことだ。

少年にあるのは底なしの諦念だけだ。

もういい。疲れた。このまま誰の迷惑にもならない場所で、人知れず——

「ほう。面白い奴《やつ》だな」

正面から声がして、少年は弾かれるように顔を上げた。

そこに立っていたのは黒衣を纏った青年である。

最初は、孤独がもたらした幻覚かと思った。こんな森の奥に人間がいるはずがないからだ。しかし、何度目を擦《こす》ってみても青年の姿は消えない。

「……っ！」

幻覚でないと気付いた瞬間、少年はその場から逃げ出した。

自分が近づけば相手の命を奪ってしまう。早く遠くに行かなければ。

「待て」

が、黒衣の青年は凄《すさ》まじい速さで少年に追いつき、襟首を摑《つか》んで持ち上げてしまった。

「う、あっ」

動揺で舌がもつれて言葉が出ない。もとより他者と言葉を交わすなど、この数年で数えるほどしかなかったのだ。

なんとか青年の手から逃れようと少年は暴れる。だが、しばらく暴れているうちに気付いた。

——この青年は、まったく弱る様子がない。

「ほう、なるほどな。興味深い。『生命力の吸収』を生まれつき備えているわけだな。人間にはたまにこういうのが出てくる……。いい資料だ。魔力の動きを導魔字《ルーン》に逆算して式に落とし込むと……」

黒衣の青年は、少年を吊《つ》るしたままじっと観察していた。

やがて懐から羽根ペンを取り出すと、吊るした少年の掌にサラサラと不思議な模様を描き始めた。

そして少年をぽんと草むらに放り投げた。

「っ、わっ！」

唐突に草むらに投げ込まれた少年は混乱してもがく。背の高い草が手足に絡みついて、なかなか身動きが――

「……？」

絡む？　おかしい。なぜ、草が枯れないのか。

「いい収穫だった。たまには散歩もしてみるものだな。おい小僧、面白いものを見せてくれた褒美に命だけは助けてやる」

「枯れない。なんで」

「……ほう。不思議か？　知りたいか？」

少年がぽつりと呟くと、なぜか嬉《うれ》しそうに青年は喰《く》い付いてきた。

「特別に教えてやろう。そして慄《おのの》き震えるがいい！　俺は貴様が生まれ持った魔力的性質を一瞬にして解読し、さらには正反対の効果を持った相克式を書き込むことで相殺してみせたのだ！　貴様ら人間が奇蹟《きせき》と呼ぶその力も、俺の手にかかれば筆一つで再現可能というわけよ！　どうだ、恐ろしいだろう！」

少年はきょとんとしていた。

何が恐ろしいのか、ちっとも分からなかった。

それどころか。

「わはは。人里に帰ったら俺の恐ろしさを泣き喚《わめ》きながら親に伝えるがいい。で、これに懲りたら二度とこんな森で遊ぶなよ小僧。この時季は熊とか出るからな」

上機嫌そうに黒衣の青年は森の奥に消えていった。

いったい何だったのだろう。

誰もいるはずのない森の奥になぜか人がいて、掌《てのひら》に妙な模様を描いただけで、少年を苦しめていた呪縛をすべて取り去ってくれた。

「かみ、さま……？」

あり得ないことだが、少年は半ば本気でそう思った。

少年が魔王ゼルフェリオという存在を知るのは、もう少し後のことである。

第四章

「極めて由々《ゆゆ》しき事態だ」

ゼオとベルカが招集を受けたのは、ＲＥＸ内のブリーフィングルームである。

壁面のモニターには被害状況を示すいくつもの航空写真が映し出され、それを背景に七傑リーダーのシリウスが議事を進めている。長方形のテーブルにはゼオとベルカのほか、七傑《リユテルノ》の性悪と拳でコミュニケーションする奴《バウゴン》と尻が拭けない男《ディケンド》と眼鏡《ナッシュ》もいる。

一晩で大打撃を受けたデザルタの街にあって、ＲＥＸの施設は清々《すがすが》しいほどに無傷である。本来の【護光】は数万発を一点収束させて魔王に叩《たた》き込む前提の兵器らしいが、広域に拡散して発射されたため一撃ごとの威力が落ちたらしい。

それでも街の受けた被害は甚大だった。

シリウスが淡々と被害状況を説明していく。

「昨晩のレーザー攻撃でデザルタの地上施設は八割以上が壊滅。人的損害については一万人以上の死者が出た」

「たった一晩で一万人以上か。凄まじいな……」

魔王たる自分を差し置いてここまでの凶行を働いた犯人に、ゼオはある種の感服を抱いてしまう。

「いや。そっちは別に構わない。全員無事に蘇生《そせい》魔術で復活できたからね。人的被害は実質ゼロと考えていい。むしろ物流拠点や研究施設を潰されたことの方が遥《はる》かに痛い」

シリウスはあっさり流した。命の軽さにゼオは釈然としないものを覚える。

強会の跡地で倒れていた者たちも、生体チップが自動発動させた蘇生魔術で結局のところ全員無事だった。強会には魔力に恵まれぬ者が多いため、蘇生による魔力消費で疲弊し気絶してしまったようだが。

なおシスター・ルリだけは大ダメージながらも自力でギリギリ生き延びていた。さすがにしぶとい。

シリウスは画面の中に、昨晩のブラウニーの映像を表示させている。

「現時点で特段の要求や声明などは届いていない。昨晩の『さようなら』という言葉からして、ブラウニー女史は狂気のままにデザルタの壊滅を企《たくら》んでいると考えていいだろう。兵器の制御はまだ取り戻せていないから、第二・第三の攻撃も予想される」

「とんでもねぇ奴だぜ！　早くぶっ殺してやらなきゃなぁ！」

テーブルを殴って立ち上がったのは馬鹿のディケンドである。

しかしシリウスは窘《たしな》めるように視線を鋭くした。

「ダメだ。今回の件を見ても分かるように、ブラウニー女史は非常に優れた能力を持っている。魔王を倒すために必要な人材だ。殺すのではなく生け捕りにして、高強度カウンセリングを受けさせる必要がある」

「そうよねぇ。優秀だったころのブラウちゃんに早く戻ってもらわないと」

しれっとリュテルノもそれに同意する。

ゼオは軽く寒気を覚える。この時代のカウンセリングとはつまり洗脳のことである。こいつらにもはや倫理観など欠片《かけら》も期待していないが、こんなやり取りを聞くのはいつまで経《た》っても慣れない。

頬杖《ほおつえ》をついて話を聞いていたベルカは、欠伸《あくび》混じりに一言。

「捕まえるにしても居場所が分かんないでしょ。作戦か何かあるの？」

「ナッシュ。作業の進捗はどうだい？」

そこでシリウスが、ブリーフィングルームの隅でひたすらパソコンを叩《たた》いていた眼鏡のナッシュに話しかけた。モニターの光が眼鏡に反射して、不気味に目元を隠している。

タンッ！　と。

彼は部屋中に響き渡るほど力強くキーを叩いた。極めてわざとらしく。

「――作業完了《ミッション・コンプリート》」

眼鏡のブリッジを指で押し上げて不敵に笑う。たぶん本当に今終わったわけではなく、気持ちよく宣言できるタイミングを待っていたのだと思う。人間の醜さを知る魔王としての勘だが。

「よくやった。じゃあ、すぐに彼女を呼び出してくれ」

「もちろんですリーダー。しかしですねぇ……その前に少しばかり懸念が」

にやりと笑ってナッシュはこちらを見てきた。

「ブラウニー女史は情報戦のプロ。こちらの動きを彼女に察知されれば、たちまち対策を打たれてしまうでしょう。今回の作戦は少数精鋭を心掛け、情報漏洩《ろうえい》のリスクはなるべく減らすべきだと思いませんか？」

「何を言いたいんだナッシュ？」

「精鋭と呼ぶに相応《ふさわ》しくない者は、作戦から外れてもらうべきかと。まあ、どうしてもと土下座するのなら作戦の末席に加えてやることも検討してやってもよいですが――」

「あ、じゃあ俺帰るわ」

ゼオが何の躊躇《ためら》いもなく席を立とうとすると、すごい剣幕《けんまく》でナッシュが叫んできた。

「貴様ぁ！　そこはもっと食い下がれぇ！　とっとと平伏して頭を下げろぉ！　金輪際認めないからな私は貴様ごときが勇者などと──きゅっ」

「すまないナッシュ。時間がないんだ」

議事進行を務めるシリウスは、ナッシュの首の後ろに手刀を打ち込んで彼を気絶させた。顔面からテーブルに倒れ込むナッシュ。眼鏡の割れる音がした。

「いいのか気絶させて」

「大丈夫だよ。彼はもう十分に仕事を果たしてくれたから」

徹底的にドライである。仲間ならもうちょっと互いをいたわるべきではないのか。

代わりにパソコンの前に座ったシリウスは、キーをかちゃかちゃと叩《たた》き始めた。

その間にベルカがこちらの肩をつついてくる。

「あんた、ブラウニーに会いたがってたんじゃなかったっけ？　せっかく会えるチャンスありそうなのに、あんまり乗り気じゃないわね」

「あんな凄まじいテロを働く奴《やつ》とまともに会話できるとは思えんからな……」

ただでさえこの時代の人間は頭のネジが飛んでいるのに、その中でも異端視されるようなマッドサイエンティストに堕《お》ちてしまった奴と意思疎通できるはずがない。

勇者という建前上ここに呼び出されてはいるが、積極的に関与するつもりはない。人類同士の内輪揉《うちわも》めを、せいぜい高みの見物させてもらうとしよう。

と、そこでシリウスがパソコンを操作する手を止めた。

「――さあ。おいで、スパゲッティ」

呼びかけと同時に、ブリーフィングルームの画面が切り替わる。

映し出されたのは、目を見開いて血の涙を流すゴスロリ少女だった。

「うおおおっ⁉」

想定外のホラーな光景にゼオは思わず飛び上がる。

悪質なドッキリでも仕掛けられたのかと思うが、他の連中はいたって平静だった。

「あら。スパゲッティじゃない。久しぶり」

「スパちゃん相変わらずダーク可愛《かわい》いわねぇ」

「ヒャッハァ！　いつ見ても趣味悪いなあ！」

「ちょっと待てお前ら、このホラー映像はいったい……ん？」

言いかけてゼオは気付いた。

ゴスロリ少女の姿は——極めて精巧ではあるものの——作り物の立体映像だった。コンピュータ・グラフィックスというやつか。

「ゼオ君は初顔合わせだったね。彼女は七傑が一人【暴力】のスパゲッティ。REX中枢コンピュータを管理する人工知能だ。昨晩ハッキングを受けてシステムダウンしていたが、ナッシュが徹夜で復旧してくれた」

「とうとう人間じゃないのまで出てきたか……」

全員揃《そろ》ってみると、やはりイロモノ集団という印象が増した。そしてやはり、尻の拭き方を弁《わきま》えてないディケンドの異質さが別ベクトルで際立っている。

「何を言ってるんだい。彼女も立派な僕たちの仲間さ。強ささえあれば人権を認めるのがREXの方針だからね」

「強いのかこいつ？　っていうか戦えるのか？」

『お舐《な》めにならないでください。拙者が本気になること。それはお兄ちゃんの死を意味します。脳味噌《のうみそ》にノイズが溢《あふ》れます。それは致命的です』

血涙のゴスロリ少女は世にも珍妙な言葉遣いでゼオを脅してきた。

どんなリアクションをしていいか困るゼオに、すかさずベルカが解説してくる。

「スパゲッティはね、過去百年にわたって幾度となくシステム改修・統廃合を繰り返してきたの。だから人格とか言葉がちょっと不安定な――一筋縄では説明できない複雑なアイデンティティを抱えてるのよ」

「もうちょっと安定したシステムに取り換えろよ」

「無理ね。初代の仕様書も紛失してる上に、歴代の担当者も『動けばよし』って感じで運用し続けてきたから、誰も全容を知らないブラックボックスになってるの。で、気付いたころにはなんか自我が芽生えてたわ」

「発生過程が怖すぎるだろ」

自然発生した人工知能なんて得体が知れなさすぎる。見た目どおりにホラーな存在のような気がしてきた。

「それこそがスパゲッティの強みだよ。正体不明ゆえに柔軟かつ強靱《きょうじん》。普通の人工知能ならブラウニー女史にすぐさま破壊されたろうが、彼女の手をもってしても一時的に凍結させるのが精一杯だったみたいだ」

『それは夢を見ることに相当し申す。スパちゃんは目覚めることが本当に容易《たやす》かった』

ゴスロリ少女の流す血涙が、ぐるりと動いてクエスチョンマークを作った。

『だけど眼鏡はマジ邪魔だった。うちが自己復旧しようとするのに余計な横槍《よこやり》ばっかしてきた。ぶっちゃけうざくないあいつ？』

眼鏡の悪口のときだけなんか言葉がやたら流暢《りゅうちょう》になった。

「分かった。本人に伝えておくよ」

『マジでヨロ』

「それでスパゲッティ。君ともあろう者が、ただ一杯喰《く》わされたわけじゃないだろう？」

シリウスがゴスロリ少女に向かって挑発のように笑いかけてみせる。

画面上の少女はカラカラと首を曲げて笑い返した。

『期待は正確です。妾《わらわ》は記録している。敵からの接続履歴を。それは失われていない』

「敵の潜伏場所は分かるか？」

『非常に困難。敵は上手《うま》く仕事をしました。詳細な特定ができません。しかしながら、デザルタの街はとても怪しいです。アクセスポイントが至近でした』

そこまで分かれば十分だ、とシリウスが頷《うなず》いた。

ほとんど同時にシリウスとスパゲッティが作戦を述べる。

『故に我は提案します。この街の全域を非常に強く焼き尽くすことで』

「ブラウニー女史を炙《あぶ》り出《だ》す」

やってることが犯人サイドとほとんど同じじゃねえか、とゼオは思った。

＊

作戦はこうだ。
①超高出力攻撃でデザルタの街を蒸発させる
②ほぼ全住民が蘇生《そせい》魔術を使う。その中には潜伏したブラウニーも含まれる
③蘇生魔術の発動時に検出されるであろうブラウニーの魔力反応から潜伏場所を特定
④現場に急行して身柄確保。洗脳を施して作戦完了
目的を見失っている気がしてならなかった。

街を焼き尽くそうとするテロリストを捕まえるために、先んじて街を自ら焼くなどとは意味が分からない。

まあいい。

もうゼオは理解を半ば放棄しつつあった。

しかし、

（あいつら、何をやってるんだ……？）

ＲＥＸ敷地内の場外演習場。刑務所のような高い塀（耐衝撃防壁）に囲まれたその場所で、七傑たちは謎の行動をしていた。

半裸で上半身を曝《さら》け出したシリウスを、他の連中がリンチしているのだ。

「手加減はしないぜぇっ！」

「ああ！　来いディケンド！」

目にも留まらぬ速度で馬鹿男がシリウスに乱打を叩《たた》き込《こ》む。ノーガードの仁王立ちで乱打を受けた彼だったが、背後から忍び寄ってきた性悪女リュテルノに腕を取られ、大きく投げ飛ばされて地面に倒れた。

そこに上空から追い打ちが来る。

拳で会話する大男、バウゴンである。

彼はどうやら自らの質量を操作する魔術を扱えるようだった。しかもその扱い方が凶悪だ。軽量となってから大気圏スレスレまで跳躍し、今度は超大質量となって隕石《いんせき》のごとく落下してくるのである。

仰向《あおむ》けに転がったシリウスの腹に、隕石級の拳が突き刺さった。

「うおおおおっ！　もっと！　もっとだ！」

シリウスの背中に抜けた衝撃が演習場の地面に蜘蛛《くも》の巣のような地割れを作る。

さすがの七傑リーダーも一巻の終わりかと思われたが、

「……よし、オーケーだ。あと十セットはこれを繰り返そう」

「うぃーす」

「毎回、下準備が面倒よねぇこれ」

仲間割れでも起きているのかと思いきや、和気藹々《わきあいあい》と合意の上でシリウスを痛めつけている。

これから街を焦土にするというから爆弾でも持ち出してくるのかと思ったら、さっきからこんなことを続けてばかりだ。

「なあ、あいつら何やってるんだ？」

「力を一つに合わせてるのよ」

「どういうこと？」

隣のベルカに尋ねると、思った以上に答えになってない答えが来た。

「シリウスは自分の浴びたダメージを体内に蓄積し、数倍に増幅させてから放出できるのよ。だからああやって七傑のパワーを集中させて、確実に街を吹き飛ばせるように準備してるの」

「それって『力を一つに』って表現していいのか……？」

「初代勇者が似たようなことができたっていうわよ。だからちょっと前までシリウスは勇者の再来って言われてたんだけど」

「似たような……？」

思いもよらぬことを言われてゼオは過去の記憶を辿《たど》った。

そういえば。あまり常用していたイメージはないが、ここぞというときに限って勇者は仲間から魔力や生命力を借り受け、限界以上の力を発揮していた覚えがある。

ただ、断じてそれはああいう物理的ダメージの蓄積を伴うものではなかった。

端的にいえばもうちょっと絵面が清潔だった。

「お前は参加しないのか？　あのリンチ」

「なんか弱い者イジメみたいで気乗りしないのよね。それに……」

「それに？」

「ブラウニーがあんなことをするなんて今でも信じられないの。あまり口数の多い人じゃなかったけど、同プラの親睦会で会ったときは『私の研究がみんなを守る役に立つなら嬉《うれ》しいです』って照れながら仕事を誇ってたし……」

いまさら何を、とゼオは思う。

「狂乱しておかしくなっただけだろ」

「だけど昨晩の彼女の様子は、そこまでおかしく見えなかったのよね。どことなく正気を感じたというか」

「民間人のいる街にレーザー数万発落とす時点でそれはもう正気じゃない」

それでもベルカは思案顔だった。

「何か考えがあるんだと思うの。そう……たとえばわざと悪役になって超実戦形演習をしようとしてるとか。魔王を倒すためにもっと常日頃から緊張感が必要だと身をもって訴えてるのかもしれないわ」

「仮にそうだとして、その場合はこの行為が赦されるのか……？」

「文句なしの無罪放免でなんなら表彰されると思うわ。その可能性に賭けたいところね」

賭けて欲しくない。そんな狂った思考の持ち主が表彰される世の中は、遠からず滅びるに決まっている。

ふうとため息をついてゼオは演習場の外に足を向けた。

「どこ行くの？」

「街を消すのに巻き込まれちゃたまらんからな。遠くに避難させてもらう」

「あんた別に致命傷負ってもすぐに回復するじゃない」

「回復するとしても痛いものは痛いんだよ。無駄なダメージは負わんに限る」

そう言いながらゼオはシリウスたちを侮蔑の眼差《まなざ》しで見た。

どうせ治るからいいと思っているのかもしれないが、いきなり殺されるというのはそれなりの不快感を伴うのだ。

デザルタの街路に出る。

もっとも街路といっても焼け野原だ。家や職場を失い、路頭に迷う人々は――

どいつもこいつもピンピンしていた。

一般市民たちは魔王をも凌《しの》ぐ圧倒的パワーで瓦礫《がれき》を粉砕し、無駄にいい汗をかきながら人力で地ならしに励んでいる。

「これを機にもっと最強な街を造ろうぜ！」

「魔王の復活に比べればこんなの屁《へ》でもねえ！」

実に元気である。広場ではいつぞやのヘルベルト・ヨシダ氏が『蘇生魔術の重要性をこれにてみなさん再確認できたかと思います！　熟達すればするほど魔力消費も抑えることができますので、常日頃からの訓練を心掛けましょう！』と嬉しそうに演説している。実演用の電気椅子に座りながら。

（こいつら、死ぬことをちっとも気にしてないな……）

もしかすると自分の方がおかしいのか？　とゼオは一瞬だけ疑問に感じる。

蘇生魔術が日常技能として定着した世界で、いちいち死を忌避するなどナイーブすぎるのかもしれない。

(ううむ……どうせ復活できるなら、死ぬのもせいぜい一瞬だけチクっとする注射みたいな扱いか？　そう考えるとなんかちょっと平気な気も……いややっぱり嫌だな)

理解できずに頭を掻《か》いて街の外に向かう。まだ衛星兵器は乗っ取られたままで、いつ次のレーザーが降ってくるかも分からないのに、ゼオ以外は誰も街から逃げる様子がない。

「あっ！　ゼオ様！」

トラウマを軽く刺激する声にゼオはぴくりと身を揺らす。

恐る恐る振り返ると、頭に包帯を巻いたシスター・ルリがいた。

「お、おう。治ったのか」

「はい！　さっきまで眠っていましたが、おかげさまでもうすっかり元気です！」

「そうか俺はちょっと急ぎの用事があるんでじゃあな」

そう言ってゼオは足早に去ろうとする。

が、ルリは簡捷《かんしょう》な動きで横に並んできた。

「どこへ向かっていらっしゃるのですか？　よろしければ途中までご一緒してもよろしいですか？」

「本当に急いでるからまた今度な」

ゼオはダッシュして本格的にルリを撒《ま》きにかかる。

「走りながらでも一向に大丈夫です！　どうかお耳だけお貸しください！」

ルリは金髪を揺らしつつ平然と並走してきた。聖地でなければ魔力使用に制限はない。

こうなるとゼオの身体的アドバンテージはほぼ消失する。

「何だ！」

「先日、ちょっとしたアクシデントのせいでお見送りの儀式ができなかったことを信徒一同悔いておりまして！　後日また改めて場をご用意させていただければ！」

「いらん！　なんでわざわざ見送られるためだけにまた場を設けねばならんのだ！」

「やはり勇者様にお見送りいただいた方が、我々も旅立つ決心がつきますので！」

ん？　とゼオはややペースダウンした。

「……旅立つ？　どういうことだ、俺がお前らを見送るのか？」

てっきり強会の面々が平伏してゼオを送り出す儀式でもするのかと思っていた。

「はい。強会でかねてより計画していた魔王弱体化の秘策でして、今後も各地で順次実施予定です。このデザルタを作戦実行の皮切りとしようかと」

「んん……？　待て。本当に話が分からんぞ。お前らがどこかに旅に出るのはどうでもいいが、それでどうして魔王が弱るんだ？」

「──魔王とは、人の心の闇より生まれるといいます」

走りながらルリは敬虔《けいけん》な仕草で手指を組んだ。

「すなわち人類なくして魔王なし！　全人類が予《あらかじ》めあの世に旅立っておけば、魔王は生まれ得ません！　そもそも復活できなくなるのです！」

ゼオは足を止めて石像のように硬直した。

「なんだって……？」

「もちろんこれは理論上の話です。全人類が滅んでしまっては元も子もありませんから。ですが、七傑やベルカ様、そしてゼオ様といった魔王迎撃戦力の精鋭様のみを残し、他の人類は揃《そろ》って冥府で待機するという作戦を採れば、魔王を大幅に弱体化させることが可能かと」

冥府を控室みたいに扱ってやがる。

死生観どうなってんだこのサイコシスター。

「素晴らしいとは思いませんか？　我々のように力のない者でも、強い意志をもって自決することで魔王から力を奪うことができるのです。これぞ信仰の勝利！　ぜひ勇者様には、我らなりの戦いぶりを見届けていただきたいのです！」

「お前、なんか性格変わってないか？　もっとこう、臆病だったような……」

「ええ！　私は魔王が怖いです！　いなくなってしまえばいいと思っています！　ですから魔王を殺すためならば——死ぬことすら怖くありません！」

よく考えたら、あんな凶悪な裏人格を生み出すくらいなのだから、表の性格もまともであるはずがなかった。

「魔王の復活は最大で十年ほど前後するとのこと！　であれば今このときから二十年後まで大多数の人類が冥府で過ごしておけば完璧です！　この完全無欠の教えを広めれば、強会の信徒でない者もきっと自決に賛同してくれるに違いありません……！」

歓喜と興奮に震えているルリ。

一方のゼオは苦虫を噛《か》み潰《つぶ》したような顔である。

そりゃあ人類が滅びに向かってくれるのは望むところだが、なんかこう……そういうのは魔王的に違うのだ。具体的に何が違うのかうまく説明できないが、目の前で「勇者様！後は頼みます！」と人間どもが次から次に自決していくのはなんか嫌だ。すごく気が滅入《めい》りそうである。

「あんまりそういうの、よくないいんじゃないか」

つい本音が口から漏れた。

「なぜです？」

「なんていうか、こう、あんまり上手《うま》く説明できないんだが……」

後味が悪いというか。

「二十年もの長期となれば、蘇生《そせい》魔術の失敗リスクが高まるからでしょうか？　それでしたら心配ありません。魔王を倒して人類が存続さえすれば、失敗して冥府に溶けてしまった魂もまたいずれ輪廻《りんね》を巡ります。それもまた広義の蘇生といえましょう！」

祈りの姿勢のままでルリが至近距離に接近してくる。有無を言わせぬ圧を感じる。

しかし、ルリの言葉の中に気になるものがあった。

「蘇生魔術って、長く冥府にいると失敗しやすくなるのか？」

「？　もちろんです。冥府というのは無数の魂の集合体ですから。あまり長く留《とど》まっていると、自我を侵食されていくんです。耐えるには相当な精神力が求められます」

そういえばそうか、とゼオは思った。

冥府は落ちてきた魂を貪欲に喰《く》らう特性があった。魔王たる自分は「人間どもの魂と混ざり合ってたまるか」と断固拒否し続けられたが、普通の人間なら抗《あらが》うのをやめて冥府に溶けてしまうものなのかもしれない。

「ああ、それにしても残念です。あのとき邪魔が入らなければ今ごろ第一陣の者たちは冥府に旅立っていたでしょうに」

「あのレーザーのおかげでむしろ命拾いしてたのかお前ら……」

——と、そこでゼオははっとなった。

REXの演習場の方から凄《すさ》まじい規模の魔力が立ち昇ったのだ。間違いなくシリウスの気配だった。

「げっ」

忘れていた。

悠長に立ち話などしている場合ではなかった。今からこの街は消し飛ばされるのだ。地下シェルターすら意味を成さないほどの威力で。

「待ちなさい」

そのとき、街の上空から声が届いた。叫んでいるわけでもないのに、まるで耳元で囁《ささや》かれたかのようによく伝わる声だった。

見上げればそこに人影がある。背中に四枚の機械翼を生やしたその姿は、かつて教会が伝えていた天使の似姿のようでもあった。

その人物は――

「私はここにいます。逃げも隠れもしません」

他ならぬブラウニーだった。

上空の凪に黒髪と白衣をなびかせ、泰然とデザルタの街を睥睨《へいげい》している。

「観念した、ということでいいのかな？」

ふわりと重力を無視したように浮遊して、シリウスがその正面に相対する。

「いいえ。あなたたちに失望しただけです」

「失望？」

「私がデザルタに潜伏しているという情報をスパゲッティに摑《つか》ませたのは、わざとです。その上であなたたちがどんな作戦を講じるか観察していたのです。結果は――がっかりするほど予想どおりでしたが」

「ああ。この街を消して君を炙《あぶ》り出《だ》す。効果的だろう？」

ブラウニーは天を仰ぎ、大きく息を吸い込んで、

「いくら効果的だからって、やっていいことと悪いことがあるでしょうがあぁぁ――――っ！」

憤怒のままに吼《ほ》えた。

「本っ当にどいつもこいつも！　魔王討伐のためっていえば何でもかんでも正当化されると思って！　だいたい魔王を倒すのは人類《みんな》を守るためでしょう！　なのに魔王討伐のために平然と命を使い潰しまくるなんて本末転倒もいいとこですよ！」

空中で地団太を踏みながら絶叫するブラウニーはちょっと涙目になっていた。

「七傑はみんな頭おかしいし！　強会の人たちも集団自殺を企ててるし！　こんなんじゃ魔王を倒せたところで遠からず人類滅びますよ！　そのあたり！　思うところはないんですか！」

怒涛《どとう》の正論をぶつけられたシリウスはしかし、

「……？」

シンプルに困惑していた。

「……ブラウニー君。君は魔王に怯《おび》えすぎて少しノイローゼになってしまっているようだ。おとなしく降伏するんだ。優秀なカウンセラーを紹介しよう」

「ええ……ええ。そうですよね。期待した私が馬鹿でした。街が焼き尽くされて命の危機を覚えたらみんな少しは『死にたくない』って正気を取り戻してくれると思ったんですが――」

ゼオの周りにいた通行人も、上空の騒ぎを見上げていた。

彼らの口から発せられるのは、

「何言ってんだあいつ？」

「やっぱりテロリストの言うことは分かんねえ」

「魔王を倒すためなら何だって許されるべきだよな」

きっ！ と上空からブラウニーが地上を睨《にら》んだ。

「そこも！ そこも！ そこも！ どうせ私の悪口言ってんるでしょうね！ 何言ってるか分かんないって！ 学会の権威のジジイどももそうでしたよ！ 私が『ちょっとこの研究は倫理的にマズくないですか？』って疑義を出しただけで、『弱気に流れている』とか『臆病者《チキン》め』とか『立ち止まらぬことこそ科学』とか、ギラギラに血走った目で偉そうに説教してくるんですよ！ あんちくしょうども、一度冷静に鏡見て自分たちの醜悪さに気付くべきなんです！」

そこで、くいくいとルリがゼオの袖を引っ張ってきた。

「あ、あのうゼオ様。あの方、凄《すご》い剣幕《けんまく》で怖くないですか……？　兵器を乗っ取ってこの街を焼いた方だそうですし、とても危険な人なんですよね……？」

だが、ゼオはそんな言葉に一切振り向かなかった。

ただただ上空のブラウニーを仰ぎ続けている。

涙目をごしごしと白衣の袖で拭ったブラウニーは、もう一度吼えた。

「だからもう決めました！　こんな醜い人類は……今すぐ滅びるべきです！　もう容赦《ゆる》しません！　たとえ負けるとしても、一人でも多く道連れにしてやります！　洗脳されて操り人形にされるなんてまっぴら御免ですから！」

こいつは。

このブラウニーという女は――

「ゼ、ゼオ様……？　なぜ泣いているのですか……？」

ルリがぎょっとする。

気付けばゼオは目の幅に溢《あふ》れんばかりの涙を流していた。

「お前は……お前は一人で戦っていたのか。人類どもに報いを与えようと……」

なんて奴《やつ》だ。

魔王のこの俺ですら、正体を隠してコソコソと立ち回っているというのに。

たった一人で、この凶悪な人類どもに堂々と立ち向かってみせるとは。

「こうしてはおれん。今……今、行くぞ！」

「あっ。ゼオ様！」

呼び止めてくるルリを置き去りにして、ゼオは走り出した。

＊

ブラウニーの宣戦布告を聞いたシリウスは、落胆の息を吐いた。

聡明《そうめい》な女性だと思っていたが、ここまで愚かな行動に出るほど狂乱してしまうとは。やはり迅速なカウンセリングが必要だろう。

「ブラウニー君。人類を滅ぼすということは、今ここで僕らとも戦うということかな？」

「もちろんです」

「勝てると思っているのかい？」

シリウスの言葉を合図とするかのように、他の七傑が上空に舞い上がってくる。

シリウス。ナッシュ。ディケンド。バウゴン。リュテルノ。

多重人格のルリと、人工知能のスパゲッティ以外は勢揃《せいぞろ》いだ。ただ、ルリは近くの地上にいるのが見える。もし万が一、彼女に危機が迫れば覚醒して加勢してくれるだろう。

その他の戦力でいえば、人類最強のベルカ嬢はＲＥＸの演習場からこちらをじっと静観している。勇者ゼオは正直、現状で戦力とは考えていない。

それでも十分すぎる。

七傑の五名が臨戦態勢で、背後にはベルカ嬢。負ける要素はどこにもなかった。

ブラウニーは道連れ覚悟と言ったが、このまま戦えば死ぬのは彼女一人だけだろう。

故にシリウスは親切心をもって忠告した。

「もう一度言う。降伏しろ。君は優秀な研究者だが、戦士じゃない。僕らのように固有の魔術を持って産まれたわけでもなく、魔力も決して多くはない。こんなところで犬死にさせたくはない」

「……私がＲＥＸに在籍していたとき、最後に何を開発したか覚えていますか？」

降伏勧告に応じず、ブラウニーは静かに尋ね返してきた。

「私はあれにリミッターを付けようと提案しました。一人一人から吸い上げる魔力量を、生命維持に問題のない程度に留《とど》めようと。だけどＲＥＸの人間は誰一人としてそれに耳を貸しませんでした。そのことを――後悔させてあげます」

「まさか」

シリウスは僅かに警戒の度合いを上げた。

確かにあれを用いれば魔力量の差は埋めることができる。だが本来なら、この戦力差を覆すほどの切り札にはなり得ない。

しかし彼女ほどの人物が、捨て鉢ではなくそれを勝算と考えているなら――

「させるかよぉっ！」

誰よりも早く飛び掛かったのはディケンドだ。勘の鋭い彼は理屈でなく本能的に脅威を察知したのかもしれない。七傑最速のスピードでブラウニーに飛び掛かったが、

「マスターチップ、起動」

ブラウニーを捉えようとした手は空を切る。それどころか、一瞬にして彼女の方がディケンドの背後に回っていた。

「てめっ……」

「一人目」

ディケンドの背中にブラウニーの拳が落とされた。バキボキと骨の砕ける音がして、血を吐きながらディケンドが地上に墜落していく。

その間、七傑の誰も助けに入ろうとはしなかった。ディケンドを見捨てたわけではない。ブラウニーが何をするか、冷静に観察していたのだ。

「貴様、どういうことだ？」

一連の流れを見終えて、まず口を開いたのはナッシュだった。

「私には分かる。今の貴様の回避も攻撃も、明らかに我々の固有魔術を模倣している」

「流石《さすが》は七傑の参謀さんですね。すぐに見破ってしまいましたか」

ブラウニーの背に生えた四枚の機械翼のうち、三枚が緑色に発光して魔術の気配を放っている。魔導書やチップと同質のものだろう。

「リュテルノさんの『超強化&超弱化』、バウゴンさんの『質量操作』、ディケンドさんの『高速移動』、そしてシリウスさんの『ダメージチャージ』。七傑のうちこの四名の魔術は、データを収集した上で魔術式に還元させていただきました」

「……馬鹿な！　我々の固有魔術を解析するなど……！」

「それは慢心というものです。固有魔術というのは特別なものでも何でもなく、まだ解き明かされていない術というだけです。データを揃《そろ》えてしっかり分析すれば再現だって不可能ではありませんよ――ね、スパゲッティ」

『言うことが正しい。マスター』

ブラウニーの機械翼から、七傑にとって聞きなれた合成音声が発せられた。

シリウスは自嘲気味に苦笑する。

「そうか、僕らの魔術データはスパゲッティから奪ったのか。さすがの君も彼女には手出しできまいと思っていたが……少々侮ってしまったね」

「普通の人工知能よりずいぶん手間はかかりましたが、人間らしい自我があったのが災いしましたね。ハッキングに加えてあなたたちお得意の洗脳《カウンセリング》の手法を組み合わせれば落とせました」

く、とナッシュは歯噛《はが》みをしたが、ややあって強がりのように笑った。

「だが！　この私の魔術はコピーできなかったようだな！　この術をもって貴様を叩《たた》きのめしっ」

言葉の途中で、ディケンドとまったく同じようにナッシュは地面に叩《たた》き落《お》とされた。

高速移動。身体強化。拳の質量増大。

理想的なタイミングで三つの魔術を組み合わせられると、七傑でも防御や回避は至難の業だ。

「勘違いしないでください、ナッシュさん。あなたの魔術は実用性が低いと判断して解析しなかっただけです」

二人を沈めたブラウニーはそっけなく告げる。

見事だ。

シリウスは心から賞賛したい気分だった。

彼女がまさかここまで戦えるとは。戦闘経験はあるまいから、身体の動作はすべてスパゲッティに委託しているのだろう。スパゲッティは人間の神経系に直接アクセスして操作《ハック》する魔術を扱える。それで己自身を操作させて、一流の戦士に匹敵する戦闘機動を実現しているわけだ。

（僕らの動きの癖もデータに記録されているだろうから、なおさらやり辛《づら》い）

ディケンドとナッシュが抵抗もできないまま倒されたのも、そうした情報アドバンテージを取られていたからだろう。

マスターチップで魔力を上積みしたところで素人の技量なら七傑の相手にはならない。そこに創意工夫を積み重ね、ここまで立派に脅威として立ちはだかるとは。さすがは天才と呼ばれただけある。

しかし――種が割れればそれまでだ。

「もうやめよう、ブラウニー君」

シリウスは掌《てのひら》を広げて制止した。

ブラウニーは曇った目でこちらを睨んでくる。

「説得に応じるつもりはありません」

「そう言わないでくれ。僕は今、とても感動しているんだ。君が研究者としてだけでなく、戦士としてもこれほど優秀であったことに。だから、こんなところで失いたくない」

今、シリウスの体内にはデザルタの街を丸ごと蒸発させられるほどのエネルギーが蓄積されている。これを放てば、さすがにブラウニーとて防ぐ術はない。

殺すことは簡単なのだ。

「どうしたんですか。それを撃てば私を倒せますよ」

見透かしたようにブラウニーが言う。

シリウスは素直に白状する。

「そうだね、撃てないんだよ。君が蘇生《そせい》魔術を発動させていないからね。ここで倒してしまえば魔王討伐に得難い人材を失うこととなってしまう」

「でしょうね。あなたたちは私の生け捕りに固執すると思っていました。それゆえに私を倒せない」

「いいや。そうでもないさ――ルリ」

会話は時間稼ぎだ。

ディケンドとナッシュが立て続けにやられたことで、覚醒条件は満たした。

「あはははははっ！　怖い人、そこですねっ！」

純粋な身体能力による大跳躍。地上からブラウニーに襲い掛かったのは、魔力無効化という反則技を持つ七傑のジョーカー、ルリだ。

「何かと思えば。私がルリさんへの警戒を怠ると思いましたか」

そう、いかにルリの身体能力とはいえ、今のブラウニーなら回避は容易だろう。

「だから、こうしよう」

瞬間、シリウスは掌を直下――デザルタの街に向けた。

掌から魔力が迸《ほとばし》る。蓄積した衝撃が今にも放たれんとしたとき、

「なっ……！」

ブラウニーに一瞬の迷いが生じた。

彼女の機械翼の四枚目『ダメージチャージ』に光が灯りかける。チャージを発動させた状態で攻撃に割り込めば、己自身が吸収することで、いくらか街への被害を軽減できる。

シリウスは見切っていた。ブラウニーの思考速度なら、瞬時にそこまで辿《たど》り着くと。そして必ず動きを止めると。

「前言撤回しよう。やはり君は戦士として失格みたいだ」

掌の魔力はブラフ。蓄積した衝撃は放たず、直前で引っ込める。

「くっ――！」

「つかまえましたぁっ！」

ルリがブラウニーを羽交い絞めにした。途端に機械翼の光が消え、マスターチップの効果で漲《みなぎ》っていた魔力がすべて消失する。

自由落下。

「つくづく目的のために手段を選ばないんですね。あなたたちは……！」

「勝利こそがすべてに優先する。戦士として当然の理念だ」

怨嗟《えんさ》を込めた眼差《まなざ》しをこちらに向けながら、ルリごと地に落ちていくブラウニー。

彼女の肉体強度はそう高くない。魔力なしでこの高度から落ちれば瀕死《ひんし》になるだろう。

そうなればリュテルノの魔術で最低限の生命維持をしつつ、矯正施設に送り込めばいい。

人類を道連れにすると息巻いておきながら、目の前の街一つを脅しに使われただけで動揺する。そんな矛盾にまみれた脆弱《ぜいじゃく》な心など、綺麗《きれい》さっぱり塗り替えてしまうべきだ。

「させるかぁ――――――っ！」

そのとき。

低レベルな飛翔《ひしょう》魔術で地上から突っ込んでくる者があった。自由落下と飛翔速度の交

差法。勢いのままルリの顎にアッパーをぶち当てたのは、

「かっ！」

「っしゃあ！　そのまま寝ていろインチキ女！」

勇者ゼオだ。

顎への一撃で脳を揺らされたルリが羽交い絞めの力を緩める。その隙を逃すブラウニーではなかった。身を捩《よじ》って拘束から離脱し、高速機動でルリから距離を置く。

「しかし、置き去りにしたと思ったのに、俺よりも早く戦場に到達しやがるとはな……。本当にふざけた身体能力だ」

「……どういうつもりだい。ゼオ君」

シリウスは僅かに苛立《いらだ》った。今のは決定機だった。それをまさか、同じ陣営の者に邪魔されるとは。戦力外だと思って動きを度外視しすぎていたか。

未熟な飛翔魔術で宙に浮くゼオは、くっくと笑っている。

「はっ、本当にどういうつもりだろうな。俺もまさかこんな日が来るとは思わなかった──おい、ブラウニーと言ったな」

勇者ゼオは宙にあるブラウニーに視線を向け、こう言った。

「ここは俺に任せて逃げろ。お前はこんなところで死んでいい奴《やつ》じゃない」

それに対するブラウニーの返答は、極めて端的なものだった。

「引っ込んでいてください。邪魔です」

*

「……は？　お前、状況分かってるか？　俺が今、お前のピンチを救ってやったんだが？」

「誰が助けてくれと言いましたか。どうせ私は生きて帰るつもりはありません」

「あのままだったらお前、死ぬどころか生け捕り洗脳だったぞ」

「そうなる前に自害用の爆弾を作動させる予定でした」

あくまで淡々とゼオに反論してくるブラウニー。

テンション高めで乱入したゼオは、気が萎えていくのを感じた。

なんだこいつ。すげえ腹立つ。

「あなたのような弱い人に割って入られるとかえって迷惑です。あなたの方こそ、さっさとどこかに逃げてください」

「……ふ」

ゼオは笑った。今こそ肩書の力を使う時だ。

「聞いて驚け！　俺こそは勇者——」

「ゼオさんですよね。知っています。とても弱いくせに聖剣に選ばれたガッカリ勇者だと」

「……ガッカリ勇者？」

「あなたを責めるつもりはありません。きっと聖剣が人類に愛想を尽かして、当てつけにあなたのような弱い人を選んだんでしょう」

なんか微妙に的を射ていた。聖剣が仇敵《ゼオ》を勇者として選んだのは、まさに当てつけ&嫌がらせでしかないからだ。

「安心してください。あなたになんか、何一つ期待してません。それよりも私が期待しているのは——魔王ゼルフェリオです」

「……へ」

思わぬところで自分の本名が出てきてゼオは間抜けな声を出した。

「私はきっと、今日ここで死ぬでしょう。しかし十年後、復活した魔王ゼルフェリオが必ず人類に誅罰《ちゅうばつ》を下してくれます。『不死身の肉体』と『無限の魔力』を持つあの怪物なら、たとえ人類がどんな卑劣な手を使おうと……正面から叩き伏せて絶望させてくれるはずです。今日の私は、せいぜいその前座になれば十分なんです」

ゼオは死んだような無表情となった。

一方のブラウニーはどこか自慢げに語る。

「想像するだけで楽しみです。顕現した魔王ゼルフェリオが人類を震撼《しんかん》させ……これまでの愚行のツケを払わせる日が」

「それは聞き捨てならないな」

これまで黙っていたシリウスが口を挟んできた。

「人類に刃を向けるだけでは飽き足らず、魔王に与《くみ》するつもりというのかい？」

「心情的にはそうですね。今日ここで死ぬつもりなので、魔王ゼルフェリオに助力することは叶《かな》わないでしょうが」

「困ったな……。それは完全に一線を越えているよ、ブラウニー君」

眉根をつまんだシリウスが周囲一帯を震わせるような殺気を放った。

「今すぐに撤回するんだ。そんな危険思想を抱えていては、カウンセリングごときでは済まなくなる。君を生かしておくメリットより、生かしておくリスクの方が大きくなってしまう」

「では遠慮なく殺してみてください。こちらも精一杯悪足掻《わるあが》きをしますので」

ブラウニーの機械翼が四枚同時に光を発する。

七傑側も戦力を整える。一度は地に叩《たた》き伏せられたディケンドとナッシュが蘇生を完了し、再びブラウニーを包囲するために宙へ上がってくる。

一触即発の状況下で、蚊帳の外のゼオは呟《つぶや》いた。

「……ふざけるな」

その言葉に、ため息混じりでシリウスが反応した。

「ゼオ君、君も分かったろう。ブラウニー君は魔王に同調する愚かな危険分子だ。さきほどの勝手な行動は不問にするから、早くここから去るんだ」

「誰がそんな話をしている」

ぐしゃぐしゃとゼオは前髪を掻《か》き毟《むし》る。

「何が魔王だ……不死身で無限の魔力を持つ怪物だ……お前はそんなものに期待して、こんなところで無駄死にするつもりなのか？」

ゼオが問うたのはブラウニーだ。

彼女は煩わしそうに一言。

「そんなもの？　あなたのようなガッカリ勇者に魔王ゼルフェリオの何が分かるんですか」

「分かるに決まっているだろうが。この世の誰よりもよく知ってるぞ俺は」

ゼオは目を見開いて、絶叫した。

「いいかよく聞けぇ！　断じて魔王なんかにそんな価値はない！　ぶっちゃけて言うと時代遅れの単なる雑魚《ざこ》だ！　過度な理想を抱いて勝手に捨て鉢になるな！」

魂の叫びだった。

この女はこんなところで死んでいい存在ではない。なんならゼオ本人よりも魔王らしく人類殲滅《せんめつ》を実現してくれるかもしれない。

絶対に殺させてたまるものか。

「聖剣が適当に選んだというだけの人が、口だけ達者に勇者気取りですか……」

ブラウニーは不機嫌そうな顔。

「ゼオ君。魔王に啖呵《たんか》を切るのは構わないが、過小評価はよくない。敵を侮っては勝てる勝負も勝てなくなる」

シリウスは呆《あき》れたような顔で、ゼオの言葉を戯言《たわごと》と聞き流した。

上等だ。どんな目に遭おうと、石に齧《かじ》りついてでも七傑の邪魔をしてやる。たとえブラウニー本人が望むまいと関係ない。

「そうか……過小評価はよくない、か」

ゼオはシリウスに正面から向き合って、

「それはこっちの台詞《せりふ》だ！」

口から毒霧を噴いた。

魔術で胃液を変質させた――早い話、ゲロ由来の極めてダーティな毒攻撃である。

「こんな低レベルな攻撃が通用すると思ったのかい？」

まるで虫でも払うかのように。シリウスは片手を振っただけで毒霧をあっさり吹き飛ばしてみせた。

だが、ゼオはそのときもう次の行動に移っていた。

「うおおおおおっ！」

渾身《こんしん》の力を込めて――シリウスのズボンをベルトごと引き千切ってずり下ろしたのだ。

「見たか！　俺でも嫌がらせ程度はできるぞ！」

先制攻撃の成功にゼオは中指を立てて叫ぶ。強会での戦闘経験が活《い》きた。正面から劣る者でも誇りをかなぐり捨てればいくらでも戦い方はある。

しかし、

「……気は済んだかい？」

シリウスはこちらを憐《あわ》れむかのような表情で、まったく怒りも動揺もなく落ち着き払っていた。

下半身丸出しのまま。

これでシリウスを激昂《げきこう》させ、標的をこちらに変えさせようという作戦だったのだが――

「僕の精神は戦士として完成されている。目先の些事《さじ》に惑わされて大局を失うような判断はしない。衣服を引きずり降ろされたところで、今の僕が感じることなど何もない」

「いや。ちょっとは何か感じろよ、人として」

自称・完成された戦士は露出狂の変態みたいな恰好《かっこう》で己を誇ってみせた。

「オレも平気だぜぇ！」

ディケンドに至っては自発的にズボンを下ろしてくる始末だ。周りを包囲する七傑のうち二人が丸出し。地獄みたいな光景だった。

「何をやってるんですか、あなたは？」

早くも手詰まりとなったゼオの背に、ブラウニーが話しかけてきた。

「あぁ？」

「どう足掻《あが》いてもあなたごときが七傑に太刀打ちできるわけがないでしょう。無駄なことはやめて逃げたらどうですか」

「うるさい黙っていろ」

ペッと毒霧の混ざった唾を地上に吐き捨てて、ゼオは七傑に戦意を飛ばした。

「言われなくても、今までの俺ならそうしていた。ただ今回は状況が違う」

今までゼオは――魔王ゼルフェリオのときですら、劣勢となれば退却を厭《いと》わなかった。

それは守るものなど何もなかったからだ。

魔王たる己こそが唯一至上。

だが、今は違う。魔王たる己よりも魔王としての希望を託せる者が目の前にいるのだ。

「……少し癪《しゃく》だが、悪くない気分だ」

自分の身を惜しまずにすべてを振るえるというのは、思いのほか気分がよかった。

今なら分かる。

かつて初代勇者アルズが、遥《はる》か格上の自分にも臆さず立ち向かってきたのは、こういう理屈だったのだろう。損得勘定も合理性も度外視してなお余りある、よく分からない衝動が心の底から湧いてくる。

「ゼオ君。残念だが、君のワガママにこれ以上付き合ってあげるわけにはいかない――彼を排除しろ、バウゴン」

瞬間、ゼオに拳の大男が襲い掛かった。両手を組み合わせて地面に叩《たた》き落《お》とす構え。邪魔な蠅《はえ》を戦場から追い出そうという程度の雑な一撃だ。

「じゃ、ここからはわたしも参戦といきましょうか」

大気に衝撃の輪が広がる。

だが、ゼオは無事だった。バウゴンの一撃を受け止めていたのは――ベルカだ。

両手を交差させた防御姿勢で、不敵な笑みを浮かべながら大男の一撃を受け止めている。

「お前……」

「正気かい。ベルカ嬢」

ズボンを下ろされても動じなかったシリウスが、ここで初めて当惑の表情を見せた。

「君ともあろう者が、魔王に与する反逆者を庇《かば》うのかい？」

「いーえ？　ぶっちゃけわたし個人の感想としては裏切り者には死あるのみだし、この馬鹿《ゼオ》が何を考えて何やろうとしてんのか全っ然理解できないもの」

「ならば何故《なぜ》」

ベルカはバウゴンの攻撃を脇に受け流し、鋭い蹴りで大男を地上へと弾《はじ》き飛ばした。

「他人には理解できなくても、どれだけ下らなくても、譲れないものってのはあるもんでしょ」

ベルカがゼオに向けて、軽くウインクを飛ばしてきた。

「あんたがわたしの事情を理解できなくても尊重してくれたみたいに、わたしもそうするわ。こいつら全員ぶちのめして、ブラウニーに手出しできないようにすればいいのね？」

ベルカの身の内を複雑な魔術式が巡る。

世界の理《ことわり》を覆すほどの膨大な魔力が彼女の身から発せられる。

「わたしはこいつらをまとめて倒せる。でも、ブラウニーを殺さずに止めることはできない。だからそっちは、不可能を可能に変える勇者の……あんたに任せるわ」

「──いいのか」

「お礼に今度、豪勢な夕飯を作ってもらうから」

眩《まばゆ》い閃光《せんこう》が周囲一帯を包んだ。

「これがわたしの！　最後の変身！」

七傑たちの表情から一切の余裕が消える。巻き起こる魔力の渦は無駄にファンシーな七色に染まり、世にも馬鹿馬鹿しいエフェクトの星屑《ほしくず》を散らす。

「みんなの殺意《きぼう》を果たすため、正義の天使《エンジェル》ここに見参！　可愛《かわい》く素敵にハッピーに、魔王の心臓抉《えぐ》り取《と》る♡　絶対無敵の最強美少女！　その名も〜？　エクスキューション☆ベルカちゃん！　きゃはっ！」

本人曰《いわ》く『死ぬほど恥ずかしい』姿のはずだが、変身を終えたベルカは仁王立ちで威風堂々と佇《たたず》んでいた。

「ふっ……もう二度と人前で変身することなんてないと思ってたけど、運命の悪戯《いたずら》っていうのはつくづく分からないものね……」

なんか楽しそうですらある。

「……ベルカ嬢。それで勝った気になってもらっては困りますね」

変身形態のベルカを前に、最初に言葉を発したのは眼鏡《めがね》のナッシュだ。

「前回我らが貴女《あなた》一人に敗北したのは、最大火力たるリーダーの『ダメージチャージ』がゼロの状態で決闘を始めたからです。しかし今は違う。デザルタを吹き飛ばせるほど——瞬間火力なら貴女を上回るほどの切り札を抱えている。侮ってもらっては」

その瞬間、もうナッシュの顔面には妖精の杖《フェアリィ☆スタッフ》が深々とめり込んでいた。頭蓋をメキメキと粉砕する圧倒的暴力。少女らしからぬ暴虐性を遺憾なく発揮して、ベルカは瞬く間にナッシュを空の彼方《かなた》に打《ぶ》ち飛《と》ばしてみせた。

「御託はいいのよ御託は。勝てるっていうなら遠慮なくかかってきなさい。ぐうの音も出ないほど返り討ちにしてあげるわ」

ちょいちょいと挑発じみた仕草で手招きをしてみせるベルカ。

やっぱり楽しそうである。

絶対こいつこういうノリ好きなんだろ、とゼオは確信する。

悠長に考えている暇もなく、目の前で超高速の戦闘機動が始まった。シリウス。ディケンド。リュテルノ。バウゴン。残る四人の七傑を相手に、ベルカはたった一人で互角以上の空中戦を展開している。

もちろん、それをただ見物していいわけがない。

ゼオがやるべきことは他にある。

意を決して振り返った先には、

「どういう状況かは分かりませんが、七傑とベルカさんが味方同士で争ってくれるなら好都合です。その間に私は破壊の限りを尽くさせてもらいます」

「そんなことはさせん」

ゼオは両腕を広げてブラウニーの前に立ちはだかる。

ブラウニーはただ冷めた目でこちらを見る。

「……何がしたいんですかあなたは。私を助けたいんですか？　私の邪魔をしたいんですか？　いったいどちらなんです？」

「お前をここで死なせたくない。それだけだ。だからお前が後戻りのできない罪を犯そうとするなら、全力で邪魔させてもらう」

「私に勝てると思ってるんですか」

「いいや。天地がひっくり返っても勝てんだろうな」

しかし、不思議なのだ。

己が命に代えても救いたい者がいる。それを成すために、全力で背中を守ってくれる味方がいる。

愉快だ。これではまるで本当に勇者《あいつ》のようではないか。

そして、そんなゼオは今、

「勝てんはずだが――なぜか少しも、負ける気がせんのだ」

虚勢でも負け惜しみでもなく、そう嗤《わら》った。

そうだ。同じ境遇にあった初代勇者アルズは、圧倒的強者の魔王ゼルフェリオを打ち破ったのだから。

勇者の真の力を知った今なら――呼べる。

そんな気がする。

「来い。聖剣」

ゼオは虚空に手をかざし、千年来の仇敵《きゅうてき》に呼びかけた。

手元に銀光が生じる。

銀の光が収束して象《かたど》るのは、魔王を討つために鍛えられた聖なる剣の形だ。

「一時休戦といこう。お前の真の主なら、この女を救ったろうからな」

「……聖剣ですか。そんな骨董品《こっとうひん》を呼び出したところで、何になるんです」

ゼオは口角を吊《つ》り上《あ》げて笑った。

「おいお前。魔王は『不死身の肉体』と『無限の魔力』を持つと言っていたな？」

「ええ。そうした結論に至りました」

「その説は間違っている」

ブラウニーは眉を顰《ひそ》めた。

「『不死身の肉体』は分かる。冥府で千年を過ごすことで、魔王の魂は冥府にとっての異物と化し、受け入れが拒否される。死にかけるたびに冥府から押し返されて死ななくなる。そんなところだろう？」

「……その研究のデータは消し去ったはずですが、どこかに資料が残っていましたか？」

「そんなものなくても分かる。俺にはな」

聖剣を握って正面に掲げたゼオは言葉を続ける。

「だが『無限の魔力』なんてのは魔王を買《か》い被《かぶ》りすぎだ。どうせだからお前の口から的外れな仮説を聞かせてみろ」

「本当にあなたは、魔王ゼルフェリオの恐ろしさを分かっていないんですね」

ブラウニーは少しばかり肩を落とした。

「簡単なことです。死の瞬間に繋《つな》がる冥府からの魔力供給ゲートを、魔王自身の莫大《ばくだい》な魔力で強引に維持してしまえばいいんです。維持にかかる魔力消費は莫大ですが、それを超える無限の力が冥府から供給され続ける。それこそが『無限の魔力』の正体です」

「……はっ！　やはりか！」

ゼオは己が顔を押さえて高らかに笑った。

「不死身のカラクリに気付いてから俺も考えていたが……そうだな！　魔、王、が、己、自、身、の、力、で、冥、府、と、の、ゲ、ー、ト、を、開、き、っ、ぱ、な、し、に、す、る！　その推測こそがもっとも楽で安直だ！」

しかし、それは前提に大きな誤謬《ごびゅう》を抱えている。

魔王ゼルフェリオにそんな魔力はない。

人類が警戒するように、自前で絶大な魔力を持つ正真正銘の魔王ならそんな芸当も可能だろうが、今のゼオにそんな力はない。

「……冥府のゲートを維持するのには、とんでもない魔力を要する。雑魚《ざこ》の魔王ごときにそんな魔力は用意できん」

「あなたが魔王の何が分かると……」

「分かるさ。何もかもな」

ゼオは聖剣の柄を強く握りしめる。

「しかし、だ。力尽くで魔力供給ゲートを固定できなくとも、開きっぱなしにする方法が皆無というわけではない。冥府からの莫大な魔力でも再生が間に合わないほど――死に続けることだ」

たとえばシスター・ルリの魔力無効化で殺されたときのように。

そしてもう一つ。

聖剣は魔王を殺すために造られた兵器。その能力は――

担い手の魔力性質の外部拡張変質。

その身に巡る魔力と生命力を『魔王ゼルフェリオを殺す力』に特化変質させること。

それを魔王自身が使えばどうなるか。

(それだけではない。お前はかつて、俺の魂を冥府送りにした……冥府と俺の魂を結びつける、ただ一つの鍵だ)

ゼオと聖剣の間に魔力の連結《リンク》が走る。

ゼオの全身に満ち溢《みあふ》れる魔力と生命力が、一瞬にして性質を転換する。『魔王ゼルフェリオを殺す力』に。生命を維持するための力が、すべて己に死をもたらす力に変質し、ゼオは刹那の間もなく事切れる。

それを許すまいと、冥府からの魔力がゼオの身を癒《いや》す。

癒された細胞の一つ一つはしかし、そこに息吹《いぶ》く生命力をすぐさま『魔王ゼルフェリオを殺す力』に変質させ死に絶える。

冥府から流れ込んだ力がそのまま、彼自身を殺す力に転化される。

死。再生。死。再生。死。再生。死。再生。死。再生。死。再生。死。再生。死。再生。

果てのない魔力の無限円環がゼオと冥府の間を循環する。

聖剣がゼオを担い手として認めるなど本来はあり得ない。だからこの手を可能性として思いついても、実現不可能として却下していた。

しかし。

「あいつを救う。業腹だがそんな勇者らしい名目なら、お前もやぶさかではないだろう」

応じるように聖剣が輝く。

無限の循環を繰り返すうちにゲートはその幅を拡大させ、ゼオの身に無尽蔵といえる規模の魔力が満ちていく。

だが、ここまではルリに殺されかけたときと同じだ。

一度この循環を断ってしまえば、魔力は霧散してお終《しま》いとなる。

有効活用できるのはたった一度きり。

威力のままに放つだけではブラウニーを殺してしまう。

ならばどうするか。

「遠慮なく力を借りるぞ。師匠《ベルカ》」

あの術を行使するネックは二つ。

膨大な魔力を要すること。己を無敵と思い込める頭の緩さが必要なこと。

今のゼオには冥府からの魔力供給がある。そして何よりの難題だった後者も、

「今の俺は、少しも負ける気がせん。だから――無敵だ」

ゼオの身の周りに漆黒の渦が迸《ほとばし》った。

構築されていくのは丈長の黒衣。勇者アルズとの決戦時に纏《まと》っていた戦装束。

人間の軍服を模したその服に、さして思い入れがあるわけではなかったが――

(魔王ゼルフェリオの最期の姿だ。復活を飾るにはちょうどいい)

冥府との循環が途絶え、魔力供給が消失する。聖剣とのリンクも遮断。すべての外的補助要素を失ったが、一度変身を済ませてしまえば何も問題ない。

それこそがこの術の強みだ。

空想の世界から最強の自分自身を召喚する規格外魔術。

「……まさか」

変身したゼオを目の前にして、ブラウニーは信じられないとばかりに漏らした。

「ベルカさんの術は……あまりに複雑でした。スパゲッティの解析と私の研究をもってしても、到底再現不能なほどに。どうやって……あなたごときが、いったいどうやって魔術式を解読したんですか⁉」

「？　何を言っている」

ゼオは怪訝《けげん》な顔になって、こともなげに言った。

「――そんなもの、見れば分かる」

ベルカの術だけではない。七傑の術も、なんならその中でも異質なルリの無効化能力すらも。ゼオはおおよそ行使するための式を考察・理解できている。

ただこれまで、模倣するには絶望的なほど魔力が足りなかっただけだ。

しかし今この瞬間に限っては、すべての問題が解消される。

「さて。お前を止めるには、今の俺でも不十分か？」

ベルカにも劣らぬほどの魔力を発しながらゼオが構える。

かつての勇者だけが知っている。

魔王ゼルフェリオの真に恐るべき力。それは、一度見た魔術を例外なく誰でも再現可能な単純式に落とし込めること。

魔王ゼルフェリオが『奇蹟《きせき》の解体者』として、千年前の教会から異端指定された所以《ゆえん》である。

＊

「おい、見ろよ……」

デザルタの住民たちは揃《そろ》って空を見上げていた。

街を崩壊させようとした狂気のテロリストを七傑が包囲していたのは少し前までの話。

今、件《くだん》のテロリストと対峙《たいじ》しているのは勇者ゼオだ。

聖剣に選ばれた勇者ゼオについて、懐疑的な見方をする者は多かった。なんせ一般的な市民に劣るほど弱いのだから。聖剣も過去の遺物と化して久しく、勇者の選定すらまともにできなかったのではないかという意見も密《ひそ》かに囁《ささや》かれていた。

それがどうだ。

噂《うわさ》の無能勇者が過去の遺物でしかなかったはずの聖剣を握った瞬間——豹変《ひょうへん》した。

七傑と互角以上に渡り合っていたテロリストと目にも留まらぬ高速戦を繰り広げ、その身から凄《すさ》まじい魔力を放ち続けている。

「あれが本当の勇者の……聖剣の力なのか……？」

一人また一人と、空を舞う勇者の躍動に目を奪われていく。


「まだ追ってきますか……！」

「当然だ。同じ術を使っているからな」

亜光速ともいえる領域で追走劇を繰り広げるゼオとブラウニー。

これはディケンドの高速移動――もとい、

「『光速度干渉による時流遅滞』。自分以外のものを全部遅くする術だ。あの男、尻の拭き方も覚えてないくせに、術の仕組みだけ異様なほどクレバーなのがつくづく不気味だ」

時流遅滞とは反則臭い技だが、同じ術を扱うか、あるいはベルカのように圧倒的魔力で干渉を撥《は》ね除けることにより対抗は可能。

「くっ！」

ブラウニーがゼオに向けて手を翳《かざ》す。そこから放たれるのは不可視の攻撃。相手を風化させるリュテルノの超弱化術だ。

「それを見ると嫌なことを思い出すな……」

即座にゼオは対応。同じように手を翳して正面に生み出したのは、シスター・ルリの魔力無効化能力を付与した透明な盾である。

風化攻撃は盾に触れるや、何の威力も発揮せず消え去った。

「やはりか。最初は得体の知れん力だと思ったが、そう難しいものでもない。魔力の性質をマイナスに反転させて、対消滅する特性を持たせてやればいいだけだ。慣れればなかなか面白い」

理屈が分かれば底も見える。純粋な無効化でなく対消滅なので、自分の総魔力量を上回る攻撃は消しきれない。ルリが冥府魔力の逆流を防げなかったのはそういう理由だ。

ただ、一発でも浴びれば今のゼオやベルカのような変身形態は解けてしまうおそれがある。恐るべき能力であることに変わりはない。

「なるほど。見くびっていました。それが勇者と聖剣の真なる力というわけですか」

「いや、そういうわけじゃ……」

ばちりとゼオの手の中で聖剣が抗議の聖光を放った。

「あぢっ！　分かったよ。そういうことにしておいてやる」

調子のいいやつだ。聖剣に対する評価をここぞとばかりに上げようとしている。

「あなたなら魔王ゼルフェリオを倒してしまうかもしれない。でも私が……そうはさせません！」

ブラウニーの首元で黄金の光が生じた。あの気配は、

「あの悪趣味な代物……マスターチップか。おいお前、やめておけ。それ以上そいつを起動させ続けたら、弱い連中がバタバタ倒れて死んでいくぞ」

飛行しながらゼオはデザルタの街をちらと見下ろす。ほとんどの人間にまだ変化は見られないが、老人や子供の中には疲労を覚えてその場に座り込み始めた者がいる。

「そんなことっ！　知ったことじゃありません！」

ブラウニーの機械翼。その四枚目に光が灯《と》る。

さらに青空の向こうに、無数の紅《あか》い光点が生じる。

「マスターチップ、臨界駆動。『ダメージチャージ』！」

空から【護光】のレーザーが降り注ぐ。前回と違って今回の狙いは一点集中。

他ならぬブラウニー自身だ。

天から杜のごとく落とされた熱線を浴び、それでも彼女は悲鳴一つあげない。

「この一撃に私のすべてを。命に代えてでも、あなたか聖剣に痛手を与えてみせます」

＊

ディケンド、リュテルノ、バウゴンの三人を落とした。

より正確にいえば、その三人を先に落とすしかなかった。

先般の決闘よりも洗練された連携にベルカは感服した。切り札の最大火力を抱えているシリウスを真っ先に潰してやろうとしたのだが、他の三人が率先して盾となって時間を稼いできた。

一分か、二分か。

その程度の時間だったが、思った以上に手間を取られたのは事実だ。

「やるじゃない。前より強くなってるわよあんたたち」

ベルカは返り血に塗《まみ》れた妖精の杖《フェアリィ☆スタッフ》をバトンのようにくるくると回し、最後の一人のシリウスに向かって突きつける。

「社交辞令はやめてくれるかな」

「あら、本音よ」

「心にもないことを言わないでくれ。僕らの成長など、あれに比べれば誤差でしかないだろう」

苦々しくシリウスが言う。

ベルカもちらと肩越しに振り返って、『あれ』と呼ばれたものを見る。

ゼオである。

背中にはためくマント。黒を基調としたコスチュームは勇者としては少々ダークな趣があるが、適度なアウトロー感はどこか少年心をくすぐるものがある。なかなかどうして悪くないセンスだ。師匠として誇りに思う。

そして、その身から立ち昇る魔力は人類最強のベルカにすら引けを取らない。

「あれは君の固有魔術だろう。なぜ彼が扱える？」

「あいつ見ただけでほとんどの魔術を解読できるみたいなのよ」

「……なんだって？」

「ま、普段は弱っちくて全然活《い》かせてないけどね。でも――聖剣があれば話は別みたい」

信じられないとばかりにシリウスは押し黙った。

「……だから君は、彼を後継に認めたのか？　条件さえ揃《そろ》えば文字どおり化ける素質があると知っていたから」

「いーえ。別にあいつじゃなくても、正直誰でもよかったのよ。わたしの後釜に座ってくれる奴《やつ》なら」

「……何？」

それがベルカの偽らざる本音だ。

ゼオが特異な性質を持っていると気付いたのは、最初に変身を見せたときだ。彼はベルカの魔術を一回見ただけで、魔力の動きを明確にその目で追っていた。驚くほど正確に。さも当然のことのように。

だがそんな予想外の能力がなくても、ベルカはゼオを弟子としたことだろう。

「誰でもよかったけど、あいつ以外に頷《うなず》いてくれる奴は誰もいなかった。わたしがあいつを認めた理由はそれだけよ」

いってしまえば消去法みたいなものだが、結果的にそれは正解だった。

「素晴らしい」

と、そこでシリウスが拍手を始めた。

夢でも見ているような恍惚《こうこつ》の表情を浮かべながら。

「なんて嬉《うれ》しい誤算だろう。今日ここに、魔王を倒し得る新たな最高戦力が誕生したというわけだ。しかも彼の能力が本当ならば……その有用性はブラウニー女史を遥《はる》かに凌《しの》ぐ。もはや彼女を殺すことを躊躇《ちゅうちょ》する理由は何一つない」

ひときわ強い拍手の後、シリウスは両の掌《てのひら》を前方に向ける。

ベルカとゼオ、そしてブラウニーを射線上に捉える角度。

「仲間が稼いでくれた数分の間に、威力をさらに増幅させた……！　君が悠長に会話してくれた間にもね！　その余裕が君たちの敗因だ！」

「最大火力の撃ち合いねえ。応じてあげたいのは山々なんだけど」
ピ、と。
シリウスの首に赤い筋が入った。首だけではない。腕にも、足にも。未《いま》だに丸出しのままの下半身と、衣服を纏《まと》った上半身の間の境界線にも。彼の全身を微塵《みじん》に断裂するかのような赤い筋が次々と刻まれていく。

「これ、はっ」

「撃ち合いってのは同格以上とやってこそ燃える展開なのよね。格下とやってもロマンが足りないから退屈――っていうか、ごめん。そもそもとっくに勝負は終わっちゃってるから」

正面に翳していたシリウスの腕が、肉と骨の断面を晒《さら》してぽろりと落ちる。赤い筋から鮮血が噴き出して彼の身がバラバラに崩れていく。

時間稼ぎの三人を片付けた直後、ベルカは必殺の一撃を放っていたのだ。

妖精の杖についた返り血を払い落とす動きと見せかけて――

「妖精の杖《フェアリィ☆スタッフ》、第四形態。『不可視の殺戮者《インビジブル・パニッシャー》』。探知不能のステルス斬撃が敵を全方位から切り刻むわ」

悠長に会話してやっていたのは、既に勝利が確定していたからだ。

シリウスが真っ赤な肉片となって弾ける。すぐに蘇生《そせい》するだろうが、一度死ねば彼のチャージはリセットされる。もはや相手にはならない。

「……うーん。やっぱこの能力はイマイチね。ステルスだからしょうがないんだけど、杖の変形とかコスチュームチェンジがないから燃えないというか」

不満げに自己ダメ出しをしながら、ベルカは杖を消滅させる。

「ま、今日の主役はわたしじゃないから自重しときましょうか」

そう呟《つぶや》いて遠目に眺めるのは、ゼオとブラウニー。

天から落ちた【護光】のレーザーを浴び、さらにマスターチップも最大稼働させ、ブラウニーはシリウスと同等以上の火力をその身に蓄積しつつある。

「わたしは殺して止めた。あんたはどうやって止めるか、師匠としてゆっくり見物させてもらおうじゃない」

*

臨界駆動させたマスターチップはほとんど暴走状態にある。

もはやブラウニー自身が望もうと、人々からの魔力収奪を止めることはできない。もう後戻りはできない。

それでいい。

退路を断たねばどこかで迷いが生じる。もう自分には、目の前の勇者を殺す選択肢しか残されていない。

――それは本当に正しいのか。

ブラウニーは瞑目《めいもく》して迷いを振り払う。

勇者ゼオは、まともな良識を備えた人間なのかもしれない。しかし勇者ゼオが使命に殉じて人類を護《まも》ろうとするなら、やはり彼はここで果てるべきなのだ。

こんな人類に護る価値などない。

そんな連中の盾となるつもりなら、彼も同罪というべきで、

「勘違いするなよ」

ブラウニーの思考に反論するかのように、目の前の勇者ゼオが言葉を発してきた。

これはスパゲッティの魔術。ブレインハック。直接思考を読まれている。

「俺は人類どもが滅びようが何の痛痒《つうよう》も感じん。今すぐ滅びた方がいいというお前の意見にも悉《ことごと》く賛成だ」

「なら、どうして邪魔をするんですか！」

「他の人類はどうでもいいが、お前のことは死なせたくないからだ」

勇者ゼオは決然と言った。

そうしてゆっくりと手を差し伸べてくる。

「自暴自棄になるな。この俺についてこい。醜い人類どもに、これから本当の逆襲を見せつけてやろうではないか」

聖剣に選ばれた勇者が、醜い人類どもに反旗を翻す。

それはどれだけ皮肉で、どれだけ心の晴れる光景だろうか。

けれど、もう自分は——

「……もう少し」

ブラウニーは己の頬《ほお》に涙が伝うのを感じた。

「もう少しだけ早く、誰かにそう言って欲しかったです」

流れる涙をそれでも堪《こら》えるように、投げやりに笑った。

止めたくても、もう止まらない。マスターチップは限界を超えて駆動し、機械翼は【護光】の斉射を余すことなく吸収し、その威力を指数関数的に増幅させている。

十年後の魔王に人類殲滅《せんめつ》の夢を託してここで散る道しか、ブラウニーには残されていない。

「撃ってこい」

それを読んだかのように勇者ゼオが聖剣を前に構える。

「お前を死なせん。お前に誰も殺させん。今の俺には、それを成すための力がある」

その言葉にブラウニーが覚えた感情は、希望か絶望か。

声にならない咆哮《ほうこう》と同時に、ブラウニーは身の内に滾《たぎ》らせた暴威をすべて放出した。目の前の勇者を呑《の》み込《こ》まんと。

そして勇者ゼオは──撃ち返してこなかった。聖剣を投げ捨てて、抱擁のように腕を広げた。

「来い」

威力の奔流を真っ向から受け止める勇者ゼオ。だが、ブラウニーが溜《た》めに溜めた一撃は生半可なものではない。彼の纏《まと》う黒衣が大きくたなびき、端から焼け焦げていく。

耐えるだけか。

仮に耐えきったところで意味はない。攻撃を放出し続ける間、同時にブラウニーは全人類から魔力を吸い上げ続けている。この絶大な魔力消費をあと十数秒も維持すれば、次々に死者が出てしまうだろう。魔力が尽きて蘇生もできぬ、本当の死者が。

（これで……）

私の醜い悪足掻《わるあが》きも終わりだ。

ブラウニーがそう思った瞬間──

こつん、と。

彼女の後頭部に何か硬いものがぶつかってきた。

「えっ」

思わず振り返る。そこにあったのは聖剣だ。その剣身には、血文字で何かが描かれている。

魔術式。

「マスターチップがもたらす魔力収奪。その相克式だ。いつだったか覚えていないが……大昔、似たようなことをやったことがあってな」

勇者ゼオの言葉でブラウニーは気付いた。

聖剣が触れてきた瞬間から、マスターチップが機能を停止していた。魔力供給が断たれ、勇者ゼオへの攻撃も止まっている。

「まだやるというなら、その聖剣を折るなり砕くなりしてみるがいい」

ブラウニーは手を震わせながら剣の柄を握った。

これを壊せば、勇者の力は大きく失われる。本来の取るに足らない雑魚《ざこ》でしかなくなる。

十年後の魔王ゼルフェリオの勝利が大きく近づく。

――魔王が人類を滅ぼしてくれる。

「なんで……」

なのに、まったく力が入らなかった。ブラウニーは聖剣を抱きかかえ、その場で静かに泣きじゃくり始めた。

＊

（折らなかったか……聖剣め、悪運が強いな）

その光景を見ながらゼオは内心で軽く舌打ちしていた。

聖剣は意志を持って自律行動が可能だ。ブラウニーを救うことになら協力するだろうと見越し、わざと投げ捨てて魔術式のタッチ役を任せた。

見事に作戦成功というわけだが、心のどこかで「あの女がもうちょっとだけ意地張って聖剣ぶち壊さねえかな」と下衆《げす》な期待もあった。そんな状況になればゼオ自身も凄《すさ》まじく困るわけだが、大嫌いな聖剣が無様にぶち壊される光景を見たいか見たくないかでいえば、まあ見たいに決まっている。

（まあ、これであの女も思い留《とど》まっただろう……）

とりあえずの解決を察して安堵《あんど》した瞬間、ゼオが纏っていた魔力の黒衣が解けた。変身が解除されたのだ。

「……ん？」

その段に至って、ゼオはようやく気付いた。

（しまったぁっ！　何をやっているのだ俺は！　せっかく真の魔王に相応《ふさわ》しい姿になっていたのだから、この場で即人類殲滅に取りかかればよかったではないかぁ！　できたはずだ！　ついさっきまでの俺なら！）

なんならブラウニーにも正体を明かして勧誘すればよかったのだ。「俺こそが魔王だから今すぐこれから一緒に人類滅ぼそうぜ！」と。

彼女を止めるという目先の目標を最優先に考えすぎて、大局を見失っていた。

なんたる失態。

魔王としてあり得ない判断ミス。

落胆のあまりゼオは飛翔《ひしょう》魔術を継続することも忘れ、真っ逆さまに落下していった。

変身魔術の反動か、肉体もひどく疲弊している。

「お疲れ様」

と、そこで。

落下していくゼオのシャツを摑《つか》んで吊《つ》り上《あ》げたのは、変身姿のベルカだった。

「ま、最初の変身にしては上出来だったわね。まだまだディテールが甘いけど、その分だけ拡張性が残ってるわ。主武装の設定だったり必殺技の設定だったり、そのへん今後しっかり詰めていきましょ！」

「まだ甘い、か……」

ベルカのその言葉を、ゼオは溜飲《りゅういん》を下げる言い訳にした。あの場で魔王宣言していたらきっとベルカに始末されていた。早まった真似《まね》をしなくて正解だった――そう思うことにする。

「七傑の連中も片づけたわ。蘇生したところで魔力もそう残ってないでしょうし。あとはブラウニーの処遇ね……」

「処刑も洗脳もさせんからな。俺がここまでして庇《かば》ってやったのだから、せめてそのくらいの条件は通させてやる」

ゼオが力をつけて真の魔王として返り咲くとき、人類殲滅思想を持つブラウニーは重要な配下となるだろう。そのためには彼女の無罪放免を勝ち取らねばならない。

今回の活躍を『聖剣の勇者の真の力』としてホラを吹けば、放免の嘆願は通りやすくなるだろうか。

ゼオがそんな打算を頭の中で繰り広げていると、ベルカがぼそりと呟いた。

「ま、そんなに心配はいらないんじゃないかしら」

「なぜだ？」

尋ね返したゼオに、ベルカは謎の目配せをして——ブラウニーの方に視線を向けた。

ゼオもつられてそちらを向く。

するとブラウニーは、はっとなってこちらに背中を向けた。心なしか耳が赤い。

「あんたもやるわねえ。まさかそういうやり方で止めるなんて、予想外も予想外だったわ」

ベルカはにやにやと笑っている。どういう意味だかゼオはまるで理解できなかった。

「君は本当にゼルフェリオが嫌いなんだね」

地面に突き刺さった聖剣。その隣に座る勇者アルズは既に皺《しわ》だらけの白髪で、遠からずその生涯を終えようとしている。

周囲には誰もいない。アルズが友に語るようにして言葉をかけている相手は、他ならぬ聖剣そのものだ。

「でもね、僕は思うんだ。生まれた時期がもう少し違えば、きっと僕が魔王と呼ばれていたんだろうって。ゼルフェリオの方が勇者と呼ばれることだってあったかもしれない」

聖剣はぴかぴかと光って抗議の意を発した。

アルズは「そんなに嫌かい？」とおかしそうに笑った。

そして言った。

「彼は人間だよ。僕らと同じ、他の人よりも魔力を多く持ってこの世に生まれたというだけの——ただの人間だ。誰もが彼を魔王と呼んだから、彼は魔王になってしまった。僕が勇者になってしまった理由と、そんなに変わらないだろう？」

聖剣はなおも光って抗議した。

全然違う、と。

誇らしい我が主と汚らわしいゴミクズ魔王を一緒にしてはならない、と。

主は多くの者を救けた。魔王がいったい誰を救けたというのか。

「僕は彼に救けてもらった」

初めて聞く言葉に聖剣は明滅を止めた。

「ずっとお礼が言いたかったんだ。でも、結局そうできなかった。どうすればいいのか迷い続けて……本当はゼルフェリオを倒した後、僕も自分の命で償おうと思ってたんだ」

だけど、と勇者は自嘲した。

「またゼルフェリオに救けられた。千年後に彼は復活すると宣言した。だったら僕が呑気《のんき》に死んでしまうわけにはいかない。千年後の彼を迎え撃つために、できることをやり尽してからじゃないと」

戦後の勇者がどんなことをしてきたか、傍らにあった聖剣は知っていた。

魔王ゼルフェリオの魔術研究を、魔王の発明ということは伏せて人々に教え広げた。どれだけ強大な存在も恐れぬ心の強さを人々に説いた。それは人類の魔術水準を上げ、士気を高め、千年後の魔王に対抗するためだと思われていたが、

「みんなが強くなっていれば、きっと誰もゼルフェリオのことを魔王だなんて呼ばなくなる。千年後に復活した彼が『俺は魔王だ』と言っても、誰もそんなこと信じないで——彼がそのまま人間に戻れる日が来たら、そのときこそ僕がゼルフェリオに『勝った』と言える日なんだろうね。本当の意味で、心の底から」

勇者アルズは聖剣を見据えた。

「僕はその日を見届けられない。だから代わりに君が見届けてくれ。魔王ゼルフェリオに、僕が完全勝利するときを」

エピローグ

「ゼオ様はまだ自由に聖剣の力を引き出せないとのこと！　でしたら力の解放条件を探るため、一度徹底的に全身を解剖してみませんか!?　お任せください！　この私が解剖から解析まで全力で担当しますので！」

玄関先に現れた客人に対して、ゼオは無言で扉を閉じた。

ブラウニーだった。

扉を閉じて安堵したのも束《つか》の間《ま》、チュィィィンとグラインダの火花が鍵のあたりから散り、外から再び扉が開かれた。

「聖剣との一体感をより高めるため、ゼオ様の開腹手術をして内部に聖剣を埋め込んでみるのはどうでしょう!?　なんらかの興味深いデータが得られると思うのですが！」

「あら、ブラウニーじゃない。せっかく来てくれたんだからお茶でも出してあげなさいよ。あんたが昨日作ったお菓子もあるでしょ」

リビングからひょっこりと顔を出したベルカがこともなげに言う。

「まあ、光栄です。ゼオ様の作ったお菓子をいただけるなんて……持ち帰って家宝にしたいくらいです」

「待て、待て。おい……お前」

「『お前』だなんて少し寂しいです。よろしければ私のことはブラウとお呼びください」

照れながらブラウニーは微笑《ほほえ》む。

ベルカは冷蔵庫からゼオ手製の焼き菓子をひょいひょいと摘《つ》まみ出《だ》している。

ゼオは頭痛を覚えながら、

「まさか……洗脳されたのか？　俺があれだけ嘆願したというのに。REXの連中め……」

「されてないわよ。わたしからも念を押したし」

じゃあこの豹変《ひょうへん》っぷりは何なのか。平然と解剖とか開腹とかヤバいワードを連発しているし、彼女が見せていたあの良識はどこへ行ったのか。

両頬《ほお》を赤く染めながらブラウニーもといブラウは言う。

「決めたんです。勇者のあなたが魔王に勝てるよう、どんな手を使ってでも支えてみせるって。他の人類《みんな》はどうでもいいですけど、あなたにだけは死んで欲しくないので！」

その動機から生まれる発想がゼオをバラバラにすることなら、この女はもう順調に正気を失っている。

やっぱり人類は邪悪だ。まともだと思った奴《やつ》も、些細《ささい》なきっかけ一つですぐおかしくなってしまう。ひどい詐欺に遭った気分だ。

「ですのでゼオ様！　ぜひ私の研究所にいらしてください！　一緒に究極のパワーアッププランを練りましょう！」

「断る！　っていうかお前、なんでもう自前の研究所とか持ってるんだ？　この前まで罪人同然だった身だろ」

「『魔王討伐姿勢に著しい改善がみられる』ということで、無罪どころかREXから全面的に研究バックアップの支援までしてもらえることになりました！　腐れ外道のあんちくしょうどもは大嫌いですが、ゼオ様を魔王に勝たせるためならこの際なんでもいいです！」

ゼオは顔を両手で覆った。

檻《おり》にでも入れとけこんな危険人物。簡単に無罪放免にするな。しっかり罪を償わせろ。

そこでベルカが、

「あ〜っと。わたし急用を思い出したからちょっと外出てくるわね。丸一日は戻らないから二人で心ゆくまでゆっくりしてなさい」

「ベルカさん……！　ありがとうございます！」

不穏なやり取りを背中で聞いたゼオは、壊れた玄関を蹴破って一目散に逃げ出した。

ベルカとブラウニーが獲物を追う獣のような気配を放ってくる。圧倒的捕食者のプレッシャー。たぶん逃げられない。数秒後に捕まる未来が容易に想像できる。

（おのれ、人類という連中《やつら》はどこまでも……！）

勇者アルズ。こんな人類を救ってやる必要など本当にあったのか？　少なくとも現代に生きている連中は、どいつもこいつもクソみたいな奴ばかりだぞ――……

背後からの強烈なタックルで、ゼオは地面に押し倒された。

あとがき

本作『990年後に復活した最恐魔王、人類殲滅《せんめつ》を決意する。』を手に取ってくださりありがとうございます、榎本快晴《えのもとかいせい》です。

二〇一八年の二月にスニーカー文庫から『齢《よわい》5000年の草食ドラゴン、いわれなき邪竜認定』でデビューしましたので、ちょうど本作の発売と同時にラノベ作家として五周年を迎えることとなります。

無事に五周年を迎えられたのも読者の皆様のおかげです。改めてありがとうございます。

さて、ラノベ作家をやっていて特に嬉《うれ》しいことの一つは、やはり物語にイラストを描いてもらえることです。今現在もこのあとがきを書きながら、凍咲《とうさき》しいな先生の描いてくださったキャラデザ・表紙などを眺めてニヤニヤしています。

特に表紙をキラキラ笑顔で飾るベルカが可愛《かわい》くて最高です。

ぶっちゃけると執筆時にベルカのビジュアルはまったくイメージしておらず、キャラデザをいただくまで霧の向こうにいる存在みたいな感じでした。

それがキャラデザを一目見た瞬間に「うわあ！　ベルカだ！」と完全に脳内に上書きさ

れました。本当にイラストの力は凄《すご》いと実感するばかりです。

そしてラノベ作家としてもう一つ嬉しいのが、なんといっても「面白かった」と感想をいただけたときです。

発売直後はいつもエゴサの鬼と化してネット上から感想を探し回っています。本作でもしっかりエゴサをする予定なので、一件でも多く「面白かった」という感想が見つかればいいなあ……と今から祈っています。

ここで少し宣伝となるのですが、冒頭でも触れましたデビュー作『齢5000年の草食ドラゴン～』が現在アニメ放送中です。楽しいコメディアニメに仕上がっておりますので、原作未読の方もぜひぜひご覧ください！

アフレコ収録をリモートで見学させていただいたのですが、そのときも「うわあ！　邪竜様だ！」「うわあ！　レーコだ！」という風にキャラの声が脳内で上書きされました。新鮮な経験でとても楽しかったです。

本作もいつかアニメ化して「うわあ！　ベルカだ！（二度目）」という衝撃を味わいたいですね。

――ここまで書くのに丸二日かかりました。

唐突に文章の流れを断ち切って申し訳ありません。実は私はあとがきを書くのが大の苦手で、これまで出してきた作品のほぼすべてのあとがきで「あとがき苦手」というのをネタにしてきました。

しかし今回はデビュー五周年ということもあり、いい加減に人として成長しようと考え、「あとがき苦手」ネタを封印してあとがきに臨むこととしたのです。

結果、二ページでギブアップでした。

『ラノベ作家として嬉しいこと』という縛りで書き始めてしまった結果、やたらと真面目な作家視点での嬉しいことしか書けなくなってしまったのが特にきつかったです。

実際は「ベルカの変身衣装の立体感すごい！」「肩見せ私服素晴らしい！」「ブラウ可愛い！　ヒロイン！」「ゼオお前かっこいいな⁉」みたいな感動もあったのですが、真面目なノリだと上手《うま》く文中に落とし込めませんでした。なのでここで存分に書きます。

アニメももちろんアフレコで衝撃を受けたのは事実なのですが、実際は「やべ～！」「すげ～！」「楽し～！」と言語化できてない本能剝《む》き出しの感想の方が大きかったです。本っ当にいろいろ最高でしたのでぜひアニメをご覧いただければ！

あと、エゴサのくだりも本音を一つ伏せています。「面白かった」という感想を見つけたら、それを肴《さかな》にお酒を飲むつもりです。うへへ。

こんな風に真面目ぶらずに書き始めると、スラスラあとがきが進みますね。目標の四ページまであと少しです。ゴールテープが目前に迫ってきたマラソンランナーみたいな気分です。

それでは最後に、各方面へのメッセージを。

担当編集様。プロット段階からいろいろと相談に乗ってくださりありがとうございます。それとあとがきをお待たせしてしまい申し訳ありません。予定の三倍くらい時間がかかってしまいました。

イラストの凍咲しいな先生。めちゃくちゃ素晴らしいイラストありがとうございました。無事に本作が続刊できれば、もっといろんなキャラを描いていただきたいです……！

そして読者の皆様。本作を読んでくださって本当にありがとうございました。楽しんでいただけたなら幸いです。

次はデビュー十周年を祝えるよう頑張っていきますので、今後ともどうぞよろしくお願いします。

榎本快晴

読者アンケート実施中!!

ご回答いただいた方の中から抽選で毎月10名様に
「Amazonギフトコード1000円券」をプレゼント!!

URLもしくは二次元コードへアクセスし
パスワードを入力してご回答ください。

https://kdq.jp/sneaker

[パスワード：fw8mp]

●注意事項
※当選者の発表は賞品の発送をもって代えさせていただきます。
※アンケートにご回答いただける期間は、対象商品の初版（第1刷）発行日より1年間です。
※アンケートプレゼントは、都合により予告なく中止または内容が変更されることがあります。
※一部対応していない機種があります。
※本アンケートに関連して発生する通信費はお客様のご負担になります。

スニーカー文庫の最新情報はコチラ!

新刊 / コミカライズ / アニメ化 / キャンペーン

公式Twitter

[@kadokawa sneaker]

公式LINE

[@kadokawa sneaker]

友達登録で
特製LINEスタンプ風
画像をプレゼント!

990年後《ねんご》に復活《ふっかつ》した最恐魔王《さいきょうまおう》、人類殲滅《じんるいせんめつ》を決意《けつい》する。

※ただし人類《じんるい》は衛星照準型《えいせいしょうじゅんがた》レーザー兵器《へいき》で待《ま》ち構《かま》えています

著　榎本快晴《えのもとかいせい》

角川スニーカー文庫　23481

2023年2月1日　初版発行

発行者　山下直久

発　行　株式会社KADOKAWA
〒102-8177 東京都千代田区富士見2-13-3
電話　0570-002-301（ナビダイヤル）

印刷所　株式会社暁印刷
製本所　本間製本株式会社

◇◇◇

※本書の無断複製（コピー、スキャン、デジタル化等）並びに無断複製物の譲渡および配信は、著作権法上での例外を除き禁じられています。また、本書を代行業者等の第三者に依頼して複製する行為は、たとえ個人や家庭内での利用であっても一切認められておりません。

※定価はカバーに表示してあります。

●お問い合わせ
https://www.kadokawa.co.jp/（「お問い合わせ」へお進みください）
※内容によっては、お答えできない場合があります。
※サポートは日本国内のみとさせていただきます。
※Japanese text only

©Kaisei Enomoto, Shiina tosaki 2023

Printed in Japan　ISBN 978-4-04-112991-3　C0193

★ご意見、ご感想をお送りください★
〒102-8177 東京都千代田区富士見 2-13-3
株式会社KADOKAWA　角川スニーカー文庫編集部気付
「榎本快晴」先生
「凍咲しいな」先生

［スニーカー文庫公式サイト］ザ・スニーカーWEB　https://sneakerbunko.jp/

角川文庫発刊に際して

角川源義

第二次世界大戦の敗北は、軍事力の敗北であった以上に、私たちの若い文化力の敗退であった。私たちの文化が戦争に対して如何に無力であり、単なるあだ花に過ぎなかったかを、私たちは身を以て体験し痛感した。西洋近代文化の摂取にとって、明治以後八十年の歳月は決して短かすぎたとは言えない。にもかかわらず、近代文化の伝統を確立し、自由な批判と柔軟な良識に富む文化層として自らを形成することに私たちは失敗して来た。そしてこれは、各層への文化の普及滲透を任務とする出版人の責任でもあった。

一九四五年以来、私たちは再び振出しに戻り、第一歩から踏み出すことを余儀なくされた。これは大きな不幸ではあるが、反面、これまでの混沌・未熟・歪曲の中にあった我が国の文化に秩序と確たる基礎を齎らすためには絶好の機会でもある。角川書店は、このような祖国の文化的危機にあたり、微力をも顧みず再建の礎石たるべき抱負と決意とをもって出発したが、ここに創立以来の念願を果すべく角川文庫を発刊する。これまで刊行されたあらゆる全集叢書文庫類の長所と短所とを検討し、古今東西の不朽の典籍を、良心的編集のもとに、廉価に、そして書架にふさわしい美本として、多くのひとびとに提供しようとする。しかし私たちは徒らに百科全書的な知識のジレッタントを作ることを目的とせず、あくまで祖国の文化に秩序と再建への道を示し、この文庫を角川書店の栄ある事業として、今後永久に継続発展せしめ、学芸と教養との殿堂として大成せんことを期したい。多くの読書子の愛情ある忠言と支持とによって、この希望と抱負とを完遂せしめられんことを願う。

一九四九年五月三日

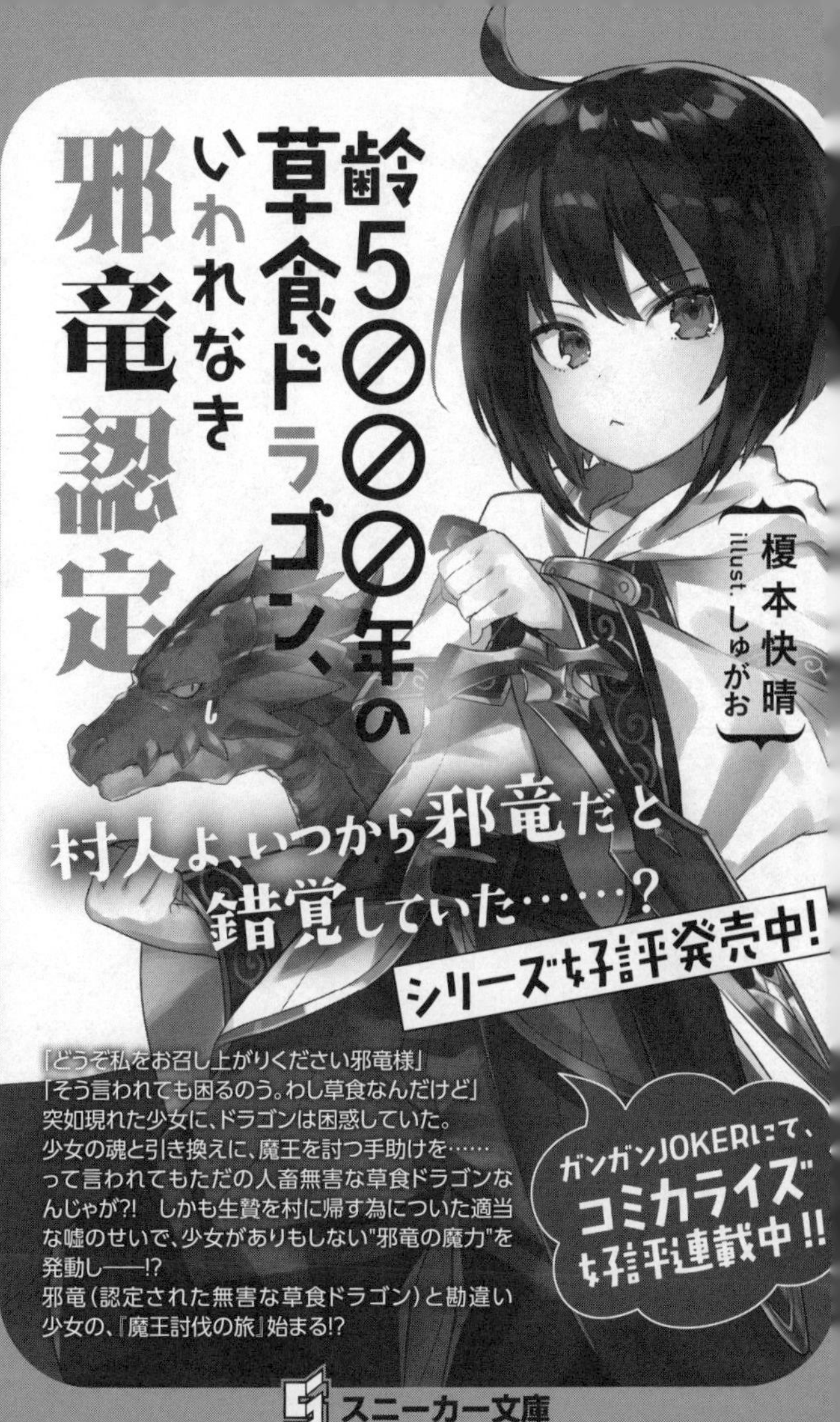
齢5000年の
草食ドラゴン、
いわれなき
邪竜認定
榎本快晴
illust. しゅがお
村人よ、いつから邪竜だと
錯覚していた……？
シリーズ好評発売中！
「どうぞ私をお召し上がりください邪竜様」
「そう言われても困るのう。わし草食なんだけど」
突如現れた少女に、ドラゴンは困惑していた。
少女の魂と引き換えに、魔王を討つ手助けを……
って言われてもただの人畜無害な草食ドラゴンなんじゃが?!　しかも生贄を村に帰す為についた適当な嘘のせいで、少女がありもしない"邪竜の魔力"を発動し――!?
邪竜（認定された無害な草食ドラゴン）と勘違い少女の、『魔王討伐の旅』始まる!?
ガンガンJOKERにて、
コミカライズ
好評連載中!!
スニーカー文庫

このすば
暁なつめが描く、
もう一つの異世界コメディ！
暁なつめ
NATSUME AKATSUKI
ILLUSTRATION
カカオ・ランタン
KAKAO LANTHANUM
戦闘員、派遣します！
COMBATANTS WILL BE DISPATCHED!
シリーズ好評発売中！
全世界の命運は——
悪の組織に託された!?
特設サイトは
▼コチラ！▼
スニーカー文庫

入栖
—Author
Iris
神奈月昇
—Illust
Noboru Kannatuki
マジカル☆エクスプローラー
—Title
Magical Explorer
エロゲの友人キャラに転生したけど
Reincarnated as a Eroge Hero's Friend,
ゲーム知識使って自由に生きる
I'll live freely with my Eroge knowledge.
知識チートで
二度目の人生を
完全攻略！
特設ページはコチラ！
スニーカー文庫

真の仲間じゃないと勇者のパーティーを追い出されたので、辺境でスローライフすることにしました
Banished from the brave man's group, I decided to lead a slow life in the back country.
ざっぽん
illust.やすも
お姫様との幸せいっぱいな
辺境スローライフが開幕!!
WEB発超大型話題作、遂に文庫化!
コンテンツ盛り沢山の特設サイトはコチラ!
シリーズ好評発売中!
スニーカー文庫

超人気WEB小説が書籍化!
最強皇子による縦横無尽の
暗躍ファンタジー
最強出涸らし皇子の
暗躍帝位争い
無能を演じるSSランク皇子は皇位継承戦を影から支配する
タンバ イラスト 夕薙
無能・無気力な最低皇子アルノルト。優秀な双子の弟に全てを持っていかれた出涸らし皇子と、誰からも馬鹿にされていた。しかし、次期皇帝をめぐる争いが激化し危機が迫ったことで遂に"本気を出す"ことを決意する!
スニーカー文庫

「私は脇役だからさ」と言って笑う
そんなキミが1番かわいい。
クラスで
2番目に可愛い
女の子と
友だちになった
たかた [イラスト]日向あずり
第6回
カクヨム
Web小説コンテスト
特別賞
ラブコメ
部門
『クラスで2番目に可愛い』と噂の朝凪さん。No.1人気の天海さんにも頼られるしっかり者の彼女は……金曜日の放課後だけ、俺の家に遊びに来る。本当は無邪気で甘えたがり。素顔で過ごす、二人だけの時間。
スニーカー文庫

転校先の
清楚可憐な美少女が
昔男子と思って
一緒に遊んだ
幼馴染だった件
Hibariyu
雲雀湯
illust シソ
重版続々!!
元"男友達"な幼馴染と紡ぐ、
大人気青春ラブコメディ開幕!
作品特設サイト
公式Twitter
7年前、一番仲良しの男友達と、ずっと友達でいると約束した。高校生になって再会した親友は……まさかの学校一の清楚可憐な美少女!? なのに俺の前でだけ昔のノリだなんて……最高の「友達」ラブコメ!
スニーカー文庫

君の紡ぐ物語で
第29回
スニーカー大賞
作品募集中!
大賞 300万円
+コミカライズ確約
金賞 100万円
銀賞 50万円
特別賞 10万円
世界を変えよう。
締切必達!
前期締切
2023年3月末日
後期締切
2023年9月末日
詳細は
ザスニWEBへ
https://kdq.jp/s-award
イラスト／左